日文+烹飪

一起學 新版

元氣日語編輯小組 總策劃

こんどうともこ、王愿琦、葉仲芸 著

はじめに

　本書には、わたしが子供の頃から慣れ親しんだ母の味がたくさん登場します。母は食べることが大好きで、料理も大好き。台所で昭和の歌謡曲を口ずさみながら、次々とおいしいものを生み出していく母を見ているのが、わたしは大好きでした。そして、その影響でわたし自身も料理が好きになりました。結婚して離れ離れになった今でも、台所に立つと隣に母がいて手取り足取り教えてくれている気になることがあります。

　本書のレシピは、すべて母から伝授されたものです。執筆中に作り方が分からなくなるたび、母に電話して聞きながら書き進めました。中高生の頃のわたしでも、このとおりに作ると失敗せずにおいしく作れたレシピばかりです。

　ここで使用している日本語はできるだけシンプルでやさしく、身の回りの表現を網羅しました。さらに、ポイントとなる文法の解説つきなので、楽しく料理しながら日本語も身につけられる一冊となっています。残念ながら、本を読んだだけではおなかは満たされませんが、確実に脳は満たされるはずです。読後、実際に料理してみれば、おなかも心も満たされて幸せいっぱいになることまちがいなし。覚えた日本語の復習にもなりますね。さあ、これであなたも日本語と日本料理の達人に！

こんどうともこ

前言

　　在這本書裡面，有許多我從孩提時代就熟悉的母親的味道上場。我的母親因為非常喜歡吃，所以也非常喜歡做菜。看著在廚房一邊哼著昭和時代流行歌曲、一邊做出一道接一道美食的母親，是我之前最喜歡的事情。然後，受其影響，我自己本身也變得喜歡料理了。儘管因結婚而分隔兩地的現在，只要站上廚房，便會感覺到母親彷彿在一旁手把手地教導著我。

　　這本書的食譜，全都是我母親傳授給我的。在執筆的過程中，每當遇到作法不清楚時，便會打電話給母親一邊請教一邊往下寫。這些全都是即使是國高中生時代的我，只要照著做就不會失敗、能做得很好吃的食譜。

　　這裡所使用的日文，盡可能網羅簡單又容易的日常生活表現。此外，由於附有關鍵文法的解說，所以是一本可以一邊開心做菜、一邊又能學會日文的書。雖然很可惜無法光閱讀本書就能飽腹，但應該確確實實可以滿足腦子。相信讀了以後，實際料理看看，不管肚子和心裡必能變得幸福滿滿。而且，還能複習學會的日文呢！那麼，就用這本書，讓你也成為日文和日本料理達人！

こんどうともこ

如何使用本書

排行榜美味料理
精選日本學生、粉領族、上班族、老年人愛吃的料理做教學，菜名要先記住喔！

音檔序號
所有的材料、作法、單字、重點全都錄有音檔，隨身聽一聽，加強記憶！

材料大集合
要準備什麼材料呢？一邊準備、一邊把日文記起來，還要注意材料的數量詞喔！

美味重點

這一塊千萬不能漏看！
如此才能美味滿點！
日語滿分！

ポイント重點

かくし味にはケチャップや
りんご、牛乳などを
入れてもおいしいよ！

小撇步！加入番茄醬或蘋果、牛
奶等提味，也非常美味喔！

日文+烹飪一起學　作りかた 作法　カレーライス 咖哩飯

❶ 野菜と肉を食べやすい大きさに切る。
　將蔬菜和肉切成容易食用的大小。

❷ なべにサラダ油をしき、野菜と肉を入れて
　肉の色が変わるまで炒める。
　在鍋中鋪上沙拉油，放入蔬菜和肉，一直炒到肉的顏
　色改變為止。

❸ 水を入れて強火で煮る。
　倒入水，用大火烹煮。

❹ ふっとうしたらアクをとり、中火で
　15分くらい煮る。
　湯滾之後，除去渣渣，用中火烹煮十五分鐘左右。

文法小幫手

Chef

●日文的「助詞」&「を」

　短短幾個作法，居然就出現二十
多個助詞？助詞在日文裡果然重要！日
文的助詞分為格助詞、副助詞、係助
詞、終助詞等等，有時用來表達語句和
語句之間的關係，有時則為陳述添加一
些語義。像最常用到的助詞「を」，就

是表達語句和語句之間的關係，表示
動作的目的或對象。例如句中的「水
を入れて」，動作是「入れる」，因
為有「を」，所以知道動作的對象是
「水」，翻譯成「放進水」。同理
「吃飯」怎麼說？那就是「ご飯を食
べる」囉！

第5小點心

切る	切
なべ	鍋子
入れる	放入
アク	渣渣

014　　　015

作法學一學

簡單八個步驟，輕鬆
學會作法，也輕鬆學
會日文。

文法小幫手

淺顯易懂的文法，是
您學習美食日語的最
佳幫手！

單字小點心

單字就像點心，不放到
肚子裡太可惜啦！

如何掃描 QR Code 下載音檔

1. 以手機內建的相機或是掃描 QR Code 的 App 掃描封面的 QR Code。
2. 點選「雲端硬碟」的連結之後，進入音檔清單畫面，接著點選畫面右上角的「三個點」。
3. 點選「新增至「已加星號」專區」一欄，星星即會變成黃色或黑色，代表加入成功。
4. 開啟電腦，打開您的「雲端硬碟」網頁，點選左側欄位的「已加星號」。
5. 選擇該音檔資料夾，點滑鼠右鍵，選擇「下載」，即可將音檔存入電腦。

目次 contents

第二單元
日本OL（粉領族）最愛吃的 043
（きれいになる 變漂亮）

第三單元
日本上班族最愛吃的 075
（つかれをとる 消除疲勞）

第四單元
日本老年人最愛吃的
107

（ <ruby>健康<rt>けんこう</rt></ruby>になる 變健康）

附錄
139

いただきます。開動！

第一單元

日本學生最愛吃的
（頭<ruby>頭<rt>あたま</rt></ruby>がよくなる　頭腦變好）

カレーライス

咖哩飯

香Q的白米飯上面淋上濃郁的咖哩醬汁，咖哩飯是老少咸宜的日本國民美食。日本咖哩飯在明治時代由英國傳入日本，之所以會發揚光大，乃由於當時的日本海軍將領覺得咖哩不但美味，而且還擁有製作簡單、肉和蔬菜搭配起來營養均衡的優點，所以設計一套海軍咖哩食譜，成為今日日本咖哩的雛型。

材料（ざいりょう）（4人分（よにんぶん））

カレーのルー	2分の1（箱（はこ））（にぶん　いち）
ぶた肉（にく）	200グラム（にひゃく）
たまねぎ	1個（いっこ）
じゃがいも	3個（さんこ）
にんじん	1本（いっぽん）
サラダ油（あぶら）	大さじ1（おお　いち）
水（みず）	4カップ（よん）
しょうゆ	少々（しょうしょう）
ごはん	4膳（＝4杯）（よんぜん　よんはい）

材料（四人份）

咖哩塊	二分之一（盒）
豬肉	二〇〇公克
洋蔥	一顆
馬鈴薯	三個
紅蘿蔔	一根
沙拉油	一大匙
水	四杯
醬油	少許
白飯	四碗

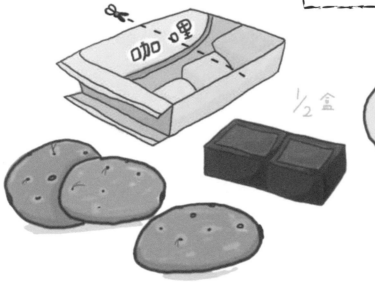

013

作りかた作法

 野菜と肉を食べやすい大きさに切る。

將蔬菜和肉切成容易食用的大小。

 なべにサラダ油をしき、野菜と肉を入れて肉の色が変わるまで炒める。

在鍋中鋪上沙拉油，放入蔬菜和肉，一直炒到肉的顏色改變為止。

文法小幫手

● 日文的「助詞」&「を」

短短幾個作法，居然就出現二十多個助詞？助詞在日文裡果然重要！日文的助詞分為格助詞、副助詞、係助詞、終助詞等等，有時用來表達語句和語句之間的關係，有時則為陳述添加一些意義。像最常用到的助詞「を」，就

咖哩飯
カレーライス

3 水を入れて強火で煮る。

倒入水，用大火烹煮。

4 ふっとうしたらアクをとり、中火で
15分くらい煮る。

沸騰之後，除去渣渣，用中火烹煮十五分鐘左右。

是表達語句和語句之間的關係，表示動作的目的或對象。例如句中的「水を入れて」，動作是「入れる」，因為有「を」，所以知道動作的對象是「水」，翻譯成「放進水」。同理「吃飯」怎麼說？那就是「ご飯を食べる」囉！

單字小點心

切る	切
なべ	鍋子
入れる	放入
アク	渣渣

015

5 野菜がやわらかくなったら火を止め、
カレーのルーを割って入れる。

待蔬菜變軟後熄火，剝開咖哩塊放進去。

6 とろみがつくまで弱火で10分くらい煮る。

用小火烹煮十分鐘左右，直到變得濃稠為止。

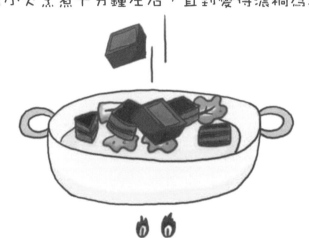

文法小幫手

● 「10分」和「15分」

　　我們來複習一下日文的一到十怎
麼說。1、2、3、4（4）、5、6、
7（7）、8、9（9）、10。那一分
鐘、兩分鐘……怎麼說呢？很簡單，只
要在數字後面加上「分」就可以了。
但是要小心，當「數字」加上「分」

かくし味で、しょうゆをちょっと入れる。
小撇步是加入一點點醬油提味。

 できあがり。
完成！

時，四、七、九，只能唸成４、７、９，而且「分」的發音還會發生變化，分別是 1分、2分、3分、4分、5分、6分、7分、8分、9分、10分。哇！有的發音是「分」，有的是「分」，有的還產生促音「っ」，唯有多唸幾次，才能牢記呢！

ポイント 重點

かくし味にはケチャップや りんご、牛乳などを 入れてもおいしいよ！

小撇步！加入番茄醬或蘋果、牛奶等提味，也非常美味喔！

とんかつ

炸豬排

您知道日本考試之前都要吃炸豬排嗎？不只因為豬排營養豐富而已，最重要的是「とんかつ」的「かつ」和日文「勝つ」（勝利）的發音相同，所以考前來一塊，討個好彩頭！日本的炸豬排雖然也是來自於歐美，但是已經和風化，所以您到日本餐廳點一客豬排，通常會附上味噌湯和高麗菜絲，去油去膩，真不賴呢！

豚ロース肉	4枚
塩	少々
こしょう	少々
小麦粉	適量
卵	2個
パン粉	適量
サラダ油	適量
キャベツ	適量
ソース	適量

材料（四人份）

豬里肌肉	四片
鹽	少許
胡椒粉	少許
麵粉	適量
蛋	二顆
麵包粉	適量
沙拉油	適量
高麗菜	適量
醬汁	適量

x 4片

SAUCE

2顆

019

作りかた作法

① 豚肉の筋を切る。

ぶたにく　すじ　き

切除豬肉的筋。

② 豚肉の両面に塩とこしょうをふっておく。

ぶたにく　りょうめん　しお

在豬肉的兩面撒上鹽和胡椒粉備用。

文法小幫手

●Vておく

　　「おく」原意為「放置」，但當「おく」變成「Vておく」型態時，便失去原意，成為「補助動詞」，為「V」添加了①「保持某種狀態」，或是②「預先做……準備」的意義。像作法中的「塩とこしょうをふって

しお

3 2に小麦粉をつけ、余分な粉を叩き落とす。

將2沾上麵粉，敲除多餘的粉末。

4 卵をよく溶いて3をつけ、それに
パン粉をつける。

將蛋徹底打勻，沾在3上，並沾上麵包粉。

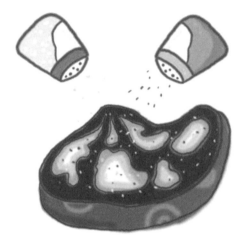

おく」，就是①的用法——動詞「ふる」是「撒」，有了補助動詞「ておく」，有讓撒上去的東西狀態維持下去的感覺。至於重點中的「肉を叩いておく」，則是②的用法——動詞「叩く」是「敲打」，有了「ておく」，就有把肉事先敲起來等的語感囉！

單字小點心

筋（すじ）	筋
ふる	撒
つける	沾
溶く（と）	溶合

5 **１７０度^{ひゃくななじゅう ど}のサラダ油^{あぶら}に４を入^いれ、返^{かえ}しながら火^ひが通^{とお}るまで揚^あげる。**

將4放入一七〇度的沙拉油裡，一邊翻面一邊炸到芯熟透為止

6 **油^{あぶら}を切^きって、食^たべやすい大^{おお}きさに切^きる。**

將油瀝乾，切成方便食用的大小。

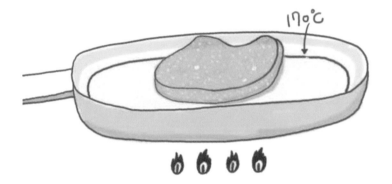

170℃

文法小幫手

Chef

●～ながら～

　前文曾提及日文有多種助詞，有的表達語句和語句之間的關係，有的則為陳述添加意義。像是作法3中的「ながら」，就是為陳述添加意義的「接續助詞」，中文意思為「一邊～，一邊～」。雖然「ながら」的用法簡單，

千切りにしたキャベツを盛り、
ソースをかける。

盛放切成細絲的高麗菜，淋上醬汁。

できあがり。

完成！

但使用時仍需注意：①前面的動詞必須
變成第二變化，才能接續「ながら」；
②句子的重點在「ながら」之後，即
「返しながら揚げる」的主要動作是
「揚げる」，而「返す」僅是伴隨的動
作而已。

ポイント 重點

肉を包丁の背などで
叩いておくと、やわらかくて
おいしくなるよ！

事先用菜刀的刀背等敲打肉的話，
會變得又軟又美味喔！

ハンバーグ

漢堡排

所謂的漢堡排，其實就是我們平常吃的漢堡裡面那一塊肉，只不過既然叫漢堡排，肉當然要厚一些，而且使用的肉不僅僅只是牛絞肉而已，還可以依個人喜好使用豬絞肉或雞絞肉。源自於德國漢堡的漢堡排，目前在日本已有獨特風味，不但是家庭餐廳一定點得到的主餐，還是日本小學營養午餐的人氣料理呢！

材料（ざいりょう）(4人分)

豚（ぶた）ひき肉（にく）	150グラム
牛（ぎゅう）ひき肉（にく）	150グラム
たまねぎ	2分（にぶん）の1個（いっこ）
パン粉（こ）	1（いち）カップ
卵（たまご）	1個（いっこ）
塩（しお）	少々（しょうしょう）
こしょう	少々（しょうしょう）
サラダ油（あぶら）	大（おお）さじ1（いち）

材料（四人份）

豬絞肉	一五〇公克
牛絞肉	一五〇公克
洋蔥	二分之一顆
麵包粉	一杯
蛋	一顆
鹽	少許
胡椒粉	少許
沙拉油	一大匙

½

1 たまねぎをみじん切りにして、
透明になるまで炒める。

將洋蔥切成碎末，炒到變透明為止。

2 炒めたたまねぎをよく冷まし、
卵を溶いておく。

將炒過的洋蔥徹底冷卻，蛋打好備用。

文法小幫手

●〜まで

　「まで」也是助詞，主要有以下用法：①表示動作場所的歸著點，例如「跑到公園」，日文為「公園まで走る」；②表示動作時間的歸著點，例如「讀到九點」，日文為「9時まで勉強する」；③表示程度的限度，例如作

3　豚ひき肉と牛ひき肉をボールに入れる。

將豬絞肉和牛絞肉放進缽中。

4　3に溶いた卵とパン粉、冷ましたたまねぎ、
塩、こしょうを入れてよく混ぜる。

將打好的蛋和麵包粉、冷卻過的洋蔥、鹽、胡椒粉放
入3裡，仔細地混合。

法中的「透明になるまで炒める」，意思為「炒到變成透明那種程度為止」。其實只要用中文「～為止」去思考「～まで」的用法，便能所向無敵。例如「できるまで練習する」的中文怎麼說呢？就是「練習到會為止」囉！

單字小點心

冷ます	冷卻
ボール	缽，盆
へこませる	使凹下
ひっくり返す	翻過來

⑤ 肉を4つに分けて小判形にし、真ん中を
_{にく　　　　よっ　　　 わ　　　 こばんがた　　　　　　　ま　なか}
少しへこませる。
_{すこ}
將肉分成四等分，捏成橢圓形，中間稍微凹下。

⑥ フライパンにサラダ油を熱し、
_{あぶら　ねっ}
中火で肉を焼く。
_{ちゅうび　　にく　　や}
在平底鍋上將沙拉油加熱，用中火煎肉。

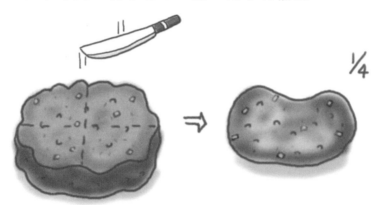

¼

文法小幫手

Chef

●Vやすい・Vにくい

　「にくい」原為形容詞，意思為
「可憎的、討厭的」，當它接續在動
詞第二變化之後，詞性則變成「接尾
語」，意思為「不好、不容易、難」。
例如重點中的「割れにくい」，「割れ
_わ　　　　　　　　　　　　　　　　　_わ
る」是「裂開」，若加上「にくい」，

肉をひっくり返し、ふたをして
蒸し焼きにする。

將肉翻面,蓋上鍋蓋蒸烤。

 できあがり。

完成!

就變成「不容易裂開」。同理,在前兩道
菜作法中出現的「食べやすい」的「やす
い」,原也是形容詞,意思為「容易的」,
當它變成「接尾語」時,意思轉為「好、容
易」,所以「食べやすい」就翻譯成「容易
吃」了。

ポイント 重點

ハンバーグの肉は、左右の
手で軽く投げて中の空気を
抜こう!こうすると、
焼いたとき割れにくい。

漢堡排的肉,用左右手輕輕拋擲,
把裡頭的空氣去除吧!如此一來,
煎煮時才不容易裂開。

コロッケ

可樂餅

在台灣日式餐飲店才吃得到的可樂餅，由於做起來一點也不難，營養價值又高，所以在日本不但是日本媽媽常做的家常菜，大大小小的超市也買得到呢！據說起源於法國的可樂餅，從大正時代開始，就和咖哩飯、炸豬排並列為三大人氣洋食，但時至今日，若把可樂餅歸類為日本料理，似乎也不為過呢！

材料 （4人分）

じゃがいも	5個
牛ひき肉	100グラム
豚ひき肉	100グラム
たまねぎ	1個
バター	大さじ1
塩	少々
こしょう	少々
小麦粉	適量
卵	適量
パン粉	適量
サラダ油	適量

材料 （四人份）

馬鈴薯	五顆
牛絞肉	一〇〇公克
豬絞肉	一〇〇公克
洋蔥	一顆
奶油	一大匙
鹽	少許
胡椒	少許
麵粉	適量
蛋	適量
麵包粉	適量
沙拉油	適量

100g

×1

031

作りかた作法

 じゃがいもを洗い、お湯でゆでる。

清洗馬鈴薯，用熱水燙煮。

 じゃがいもが柔らかくなったら、熱いうちに皮をむいてつぶす。

待馬鈴薯變軟，趁熱剝皮之後壓碎。

文法小幫手

●で

「で」也是助詞，用法非常的多，但是最常用到的，是「表示方法、手段」。例如作法裡的「お湯でゆでる」，就是「用開水這樣的方法去煮」；「バターで炒める」就是「用奶油去炒」；「塩とこしょうで味つけする」

ろ たまねぎをみじん切りにし、
バターでよく炒める。

將洋蔥切成碎末，用奶油仔細地炒。

4 3にひき肉を入れて炒め、
塩とこしょうで味つけする。

將絞肉放到3裡炒，再用鹽和胡椒粉調味。

就是「用鹽和胡椒粉去調味」；「油で揚げる」就是「用油去炸」。其實只要用中文的「使用、利用」去思考「で」，便可以造出許多日常生活常用到的日文。例如「搭公車去」，把「搭」這個日文想成「利用」，輕輕鬆鬆便造出「バスで行く」囉！

洗う（あら）	洗
ゆでる	放入熱水中煮
むく	剝
つぶす	壓碎

作りかた 作法
つく

⑤ つぶしたじゃがいもに4を加えてまぜる。
よん　くわ

将4加到壓碎的馬鈴薯裡混合。

⑥ 小判形に形を整える。
こ ばんがた　かたち　ととの

將形狀調整成橢圓形。

文法小幫手

●小判形
こ ばんがた

做料理時，為了美觀或好入口，難免要將食材做成各種形狀。作法中提到的「小判形」，究竟是哪一種形狀呢？由於「小判」是日本江戶時代流通的金幣，雖然有大有小，但是形狀皆為直的橢圓形，所以「小判形」
こ ばんがた

034

小麦粉、卵、パン粉の順に衣をつけ、
180度の油で揚げる。

依麵粉、蛋、麵包粉的順序裹上麵衣，
用一八〇度的油炸。

 できあがり。

完成！

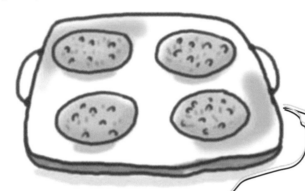

ポイント 重點

カラッと揚げるには、油の
温度を下げないよう
2、3個ずつ揚げること！

想要炸得酥酥脆脆，就是不讓油
溫下降，每次只炸兩、三個。

就是扁扁的橢圓形。至於其他形狀的日文怎
麼說呢？丸（圓形）、楕円形（橢圓形）、
三角形（三角形）、四角形（方形）、正
方形（正方形）、長方形（長方形）、菱
形（菱形）、ハート形（心形）、星形（星
形）……，請通通記起來喔！

035

おこのみ焼き

什錦燒

日本的什錦燒可分為「廣島風」和「關西風」，雖然做法和食材不太相同，但基本上都是用麵粉水做麵糊，然後加上肉或魚、蔬菜等材料，在鐵板上煎烤，最後淋上醬汁的美食。起源於二次世界大戰，由於米食不足，用麵糊煎一煎，拿來當成小孩點心的什錦燒，任誰都想不到，今日會成為關西地方最著名的美食呢！

<ruby>材料<rt>ざいりょう</rt></ruby>（4人分<rt>よにんぶん</rt>）

キャベツ	**2分<rt>にぶん</rt>の1個<rt>いっこ</rt>**
<ruby>豚<rt>ぶた</rt></ruby>ばら<ruby>肉<rt>にく</rt></ruby>（<ruby>薄切<rt>うすぎ</rt></ruby>り）	**150<rt>ひゃくごじゅう</rt>グラム**
いか	**適量<rt>てきりょう</rt>**
<ruby>桜<rt>さくら</rt></ruby>えび	**適量<rt>てきりょう</rt>**
<ruby>卵<rt>たまご</rt></ruby>	**4個<rt>よんこ</rt>**
<ruby>小麦粉<rt>こむぎこ</rt></ruby>	**150<rt>ひゃくごじゅう</rt>グラム**
<ruby>長芋<rt>ながいも</rt></ruby>	**150<rt>ひゃくごじゅう</rt>グラム**
だし<ruby>汁<rt>じる</rt></ruby>	**2カップ<rt>に</rt>**
ソース	**適量<rt>てきりょう</rt>**
マヨネーズ	**適量<rt>てきりょう</rt>**
かつお<ruby>節<rt>ぶし</rt></ruby>	**適量<rt>てきりょう</rt>**

材料（四人份）

高麗菜	二分之一顆
豬五花肉（薄片）	一五〇公克
花枝	適量
櫻花蝦	適量
蛋	四顆
麵粉	一五〇公克
山芋	一五〇公克
日式高湯㊟	二杯
醬汁	適量
美乃滋	適量
柴魚片	適量

㊟用柴魚片和昆布等熬成的湯頭

1/2

037

日文烹飪一起學

作りかた 作法

① キャベツを千切りにし、
いかを食べやすい大きさに切る。

高麗菜切成細絲，花枝切成容易食用的大小。

② 長芋をすりおろしておく。

山芋磨成泥備用。

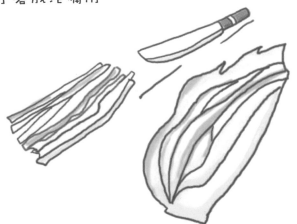

文法小幫手

●N1をN2にV

「キャベツを千切りにし、いか
を食べやすい大きさに切る」這一個作
法裡，重複用了兩次「N1をN2にV」
的句型。而「N1をN2にV」的意思，
就是「把N1用V動作，變成N2的狀
態」。分析這個句型，之前曾經提過看

3 ボールに小麦粉を入れて、
だし汁と2を加えよく混ぜる。

將麵粉放進缽裡，加入日式高湯和2，仔細攪拌。

4 キャベツといか、
桜えび、卵を
3に入れて
さらに混ぜる。

將高麗菜和花枝、
櫻花蝦、蛋放進
3裡，再次混合。

到助詞「を」，就要立刻聯想「を」
前面的N是動作V的對象，所以馬上知
道這個句型只是在「N1をV」之間加
上「N2に」（變成N2）而已。同理，
我們來練習「紙を半分に切る」如何
翻譯？那就是「把紙切半」囉！

單字小點心

すりおろす	研磨（成粉或泥）
混ぜる	混合，攪拌
フライパン	平底鍋
熱する	加熱

作りかた 作法

5 フライパンにサラダ油を熱して
4の生地を入れ、その上に豚ばら肉をおく。

在平底鍋上將沙拉油加熱,放入4的麵糊,並在它的上面放上豬五花肉。

6 中火で3分くらい焼いたら、
ひっくり返して中まで火を通す。

用中火煎三分鐘左右,
翻面煎到中心熟透為止。

文法小幫手

●煎煮炒炸

在這道菜裡,我們學的是「煎」的工夫。「煎」的日文是「焼く」,所以「煎什錦燒」就是「おこのみ焼きを焼く」。另外,還記得做咖哩飯時,要先「野菜と肉を炒める」(炒蔬菜和肉),然後再「水を入れて強火で

お皿に盛ってソースとマヨネーズをぬり、かつお節をのせる。

盛放盤上，塗上醬汁和美乃滋，並放上柴魚片。

 できあがり。

完成！

ポイント 重點

焼くときに生地を押しつけると、硬くなるから気をつけてね！

煎的時候如果用力壓麵糊，就會變得硬硬的，所以要小心喔！

煮る」（放水用大火燉煮）嗎？還有「炸豬排」是「とんかつを揚げる」。至於漢堡排的作法則是「じゃがいもをお湯でゆでる」（用開水燙煮馬鈴薯），最後再「ふたをして蒸す」（蓋上鍋蓋蒸煮）。煎、煮、炒、炸的日文，您都學會了嗎？

おいしかった。真好吃！

第二單元

日本OL（粉領族）最愛吃的
（きれいになる　變漂亮）

第1名　　蛋包飯
第2名　　海瓜子義大利麵
第3名　　奶油燉肉
第4名　　焗烤通心麵
第5名　　馬鈴薯沙拉

● MP3-06

オムライス
蛋包飯

蛋包飯看起來像是從歐美傳到日本的料理，但其實是貨真價實日本自創的美食，起源於明治、大正年間。本書要教您的蛋包飯，是最常見的型態。而九〇年代在日本還出現一種在炒飯上面放置葉形的半熟煎蛋，然後等上桌後才切開蛋，讓蛋汁滑下來蓋住整盤炒飯的蛋包飯，您也可以試試喔！

ごはん	4膳（＝4杯）
ベーコン	40グラム
たまねぎ	1個
マッシュルーム	12個
ケチャップ	大さじ6
卵	8個（1人分2個）
塩	少々
こしょう	少々
サラダ油	適量
バター	40グラム

材料（四人份）

白飯	四碗
培根	四十公克
洋蔥	一顆
蘑菇	十二朵
番茄醬	六大匙
蛋	八顆（一人份二顆）
鹽	少許
胡椒粉	少許
沙拉油	適量
奶油	四十公克

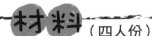

045

① たまねぎをみじん切りにし、ベーコンとマッシュルームを切る。

將洋蔥切成碎末狀，並切培根和蘑菇。

② 熱したフライパンにサラダ油をしき、1を入れる。

在加熱過的平底鍋上鋪上沙拉油，放入1。

文法小幫手

●助數詞

學到現在，有沒有發現日文食物的數量詞，雖然也都使用漢字，但是和中文有些不同？例如中文的「高麗菜二分之一顆」、「蛋一顆」，日文是「キャベツ2分の1個」、「卵1個」；「肉二片」是「肉2枚」；「蘿蔔三根」是

3 たまねぎが透き通ったら、ごはんを入れて炒める。

待洋蔥熟透之後，放白飯進去炒。

4 3にケチャップを加えて炒める。

加番茄醬到了裡，炒一炒。

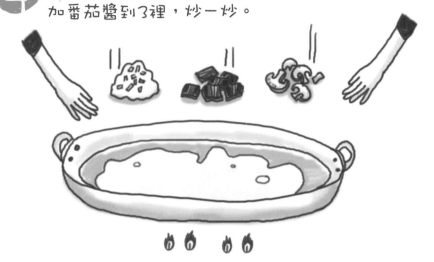

「にんじん3本」。日文的「數量詞」叫做「助数詞」，基本上圓圓的東西大都用「個」來數，薄薄的用「枚」，長長的就用「本」。其他和食物有關的數量詞，例如「飯」用「膳」，「魚」用「匹」，「牛、豬」用「頭」，「豆腐」用「丁」，也要記起來喔！

單字小點心

加える	添，加
とりだす	取出，拿出
かきまぜる	攪拌
半熟	半熟

日文烹飪一起學　作りかた 作法

⑤ ４をお皿にとりだし、
卵を溶いて塩とこしょうをふる。

將4取出放到盤上，打好蛋撒上鹽和胡椒。

⑥ バターの入ったフライパンに
溶き卵を入れ、大きくかきまぜる。

在放入奶油的平底鍋上倒入
打好的蛋，大幅度地攪拌。

文法小幫手

Chef

●〜たら

「たら」為接續助詞，主要用法
有二：①表示「假定條件」，中文可譯
成「如果……的話」，例如「雨が降っ
たら中止する」，譯為「如果下雨的話
就中止」；②表示「動作的順序」，說
明某動作實現以後要……，中文可譯

卵が半熟になったら4を真ん中において包む。

待蛋半熟時，把4放到正中間包起來。

 できあがり。

完成！

ポイント 重點

ケチャップごはんは火を
とめてから包むこと。中が
半熟のままでおいしいよ！

番茄醬炒飯要等熄火以後再包，
這樣中間才會維持半熟的狀態，
特別好吃喔！

為「等……時」或「待……之後」。像作法中的「たまねぎが透き通ったら」和「卵が半熟になったら」就是最好的例子。最後練習一下「等做好之後一起吃吧！」的日文怎麼說，那就是「できたらいっしょに食べよう」。

あさりの スパゲッティ
海瓜子義大利麵

誰都知道義大利麵來自於義大利，不管是紅醬、青醬、白醬，各有一批死忠支持者，但是日本的義大利麵就是有辦法運用日本食材，在傳統口味上置入和風，讓義大利麵呈現不同面貌，更重要的是還好吃得不得了，所以若有機會到日本，也務必在美食行程中，排入品嚐日式義大利麵喔！

材料

材料 （4人分）

スパゲッティ	４００グラム
あさり	４００グラム
白ワイン	１カップ
オリーブオイル	大さじ４
にんにく	４かけ
パセリ	適量
塩	適量

材料 （四人份）

義大利麵	四〇〇公克
海瓜子	四〇〇公克
白酒	一杯
橄欖油	四大匙
蒜頭	四瓣
荷蘭芹	適量
鹽	適量

400g

４瓣

051

日文烹飪一起學

作りかた（つく）作法

1 あさりを水（みず）に浸（ひた）して砂出（すなだ）ししておく。

海瓜子泡水吐沙備用。

2 にんにくとパセリをみじん切（ぎ）りにする。

蒜頭和荷蘭芹切成碎末。

文法小幫手

Chef

●フライパン

　介紹日本常見的鍋子。首先是在食譜中出現多次的「フライパン」（平底鍋），這種單手的淺鍋在國內通常只用來煎荷包蛋，但是在日本可是家庭主婦的最愛，煎、煮、炒、炸全靠它喔！除此之外，日本家庭主婦還

3 フライパンにオリーブオイルを熱^{ねっ}し、
にんにくを入^いれる。

在平底鍋上將橄欖油加熱，放入蒜頭。

4 3^{さん}にあさりを加^{くわ}え、口^{くち}が開^{ひら}くまで炒^{いた}める。

將海瓜子加入3裡，炒到開口為止。

常用「雪平鍋^{ゆきひらなべ}」，這種鍋子是最具代表性的和風鍋，單手，鍋子的兩邊皆有尖嘴的倒湯口，用來燉煮湯湯水水的食物最方便。至於做中華料理，則用「中華鍋^{ちゅうかなべ}」，煮火鍋或關東煮則用「土鍋^{どなべ}」……，如果記不太起來，通通稱為「鍋^{なべ}」也對喔！

單字小點心

浸^{ひた}す	浸，泡
砂出^{すなだ}しする	吐沙
飛^とばす	使揮發
アルデンテ	指將義大利麵燙煮到芯還有一點點硬的程度

5 ４にパセリを入れて炒め、
よん　　　　　　　　　　い　　いた
白ワインを加えアルコールを飛ばす。
しろ　　　　　くわ　　　　　　　　　　と

把荷蘭芹放入4中炒一炒，加入白酒，讓酒精揮發。

6 塩で味つけする。
しお　あじ

用鹽調味。

文法小幫手

●硬め
かた

「硬い」、「硬さ」、「硬め」
かた　　　かた　　　かた
都是「硬」，有什麼差別呢？其實後兩
個字是從「硬い」演變而來。「硬い」
　　　　　　　かた　　　　　　　　　　　かた
是イ形容詞，意思為「硬的」，例如
「硬い麺」就是「硬的麵」。「硬い」
かた　めん　　　　　　　　　　　　　　かた
的「語幹」是「硬」，大多數的イ形容
　　　　　　　　　かた

お湯でゆでたスパゲッティを 6 に加え、混ぜ合わせる。

把在開水裡煮熟的義大利麵加到6裡混合。

8 できあがり。

完成！

ポイント 重點

スパゲッティを ゆでるときは、硬めのアルデンテに！！

燙煮義大利麵時，要燙煮到芯還有一點硬的硬度！！

詞在語幹後面加上「さ」，可以變成名詞，所以知道「硬さ」是「硬度」。至於「硬め」則是語幹後面加上「め」，在日文規則裡表示「程度、狀態」，所以「硬め」也是名詞，意思是「稍微硬的狀態」。例如「長い」、「長さ」、「長め」也是相同道理。

クリームシチュー

奶油燉肉

「シチュー」的原文是「stew」，在台灣聽過的人不多，但它的做法和咖哩飯一樣簡單，也都是淋在白飯上享用的美食，只是咖哩飯運用的是咖哩湯塊，「シチュー」用的是奶油湯塊，最後再加上牛奶而已。「シチュー」的香濃好滋味足以溫暖每一個人的心，最適合寒冷的天氣來上一盤，台灣的一般超市都買得到湯塊，所以一定要試試看喔！

材料 (4人分)

クリームシチューのルー	2分の1（箱）
鶏肉（とりにく）	200グラム
たまねぎ	2個
じゃがいも	4個
にんじん	1本
固形ブイヨン（こけい）	2個
牛乳（ぎゅうにゅう）	1カップ
サラダ油（あぶら）	大さじ1
水（みず）	4カップ
小麦粉（こむぎこ）	適量
塩（しお）	少々
こしょう	少々

材料 （四人份）

奶油燉肉湯塊	二分之一（盒）
雞肉	二〇〇公克
洋蔥	二顆
馬鈴薯	四顆
紅蘿蔔	一根
高湯塊	二個
牛奶	一杯
沙拉油	一大匙
水	四杯
麵粉	適量
鹽	少許
胡椒粉	少許

TASTE

200g

057

日文烹飪一起學　作りかた<small>つく</small> 作法

1
鶏肉<small>とりにく</small>を一口大<small>ひとくちだい</small>に切<small>き</small>り、
塩<small>しお</small>とこしょうをして小麦粉<small>こむぎこ</small>をまぶす。

將雞肉切成一口大小，加上鹽和胡椒粉之後，
再裹滿麵粉。

2
たまねぎとじゃがいも、にんじんを
食<small>た</small>べやすい大<small>おお</small>きさに切<small>き</small>る。

將洋蔥和馬鈴薯、紅蘿蔔切成容易食用的大小。

文法小幫手

●格助詞「と」

　　「と」是助詞，有時當「格助詞」、有時當「接續助詞」使用。由於用法繁複，所以要依前後文判斷意思。當「と」是「格助詞」時，常見用法有：①表「並列」，譯為「和」，例如作法中的「塩<small>しお</small>とこしょう」；②表「動作

③ 大きめのなべにサラダ油をしき、
1と2をよく炒める。

在大一點的鍋子裡鋪上沙拉油，將1和2仔細炒一炒。

④ 3に水と固形ブイヨンを加えて
煮立たせ、アクをとる。

在3裡加入水和高湯塊，煮開，除去渣渣。

的共同者」，譯為「和」，例如「林さ
んと行く」（和林先生去）；③表「比
較對象」，譯為「和」，例如「それと
違う」（和那個不同）；④表「思考內
容」，思考的內容放在「と」前面，
「と」不用譯出來，例如「いいと思
う」（（我）覺得好）。

單字小點心

ひとくちだい	
一口大	一口大小
まぶす	塗滿，撒滿，裹滿
にこ	
煮込む	燉煮
ととの	
調える	調整

作りかた作法

5 ４にふたをして１５分くらい煮込む。
在4蓋上鍋蓋，約熬煮十五分鐘。

6 火をとめて、
クリームシチューの
ルーを割って入れる。
熄火，剝開奶油燉肉湯
塊放進去。

文法小幫手

●接續助詞「と」

「と」除了可以當「格助詞」之外，還可以當「接續助詞」，用來銜接前後兩個子句。例如重點中的「白ワインを入れると、大人の味になる」，就是用「と」來連結，「と」譯成「如果……的話」。再舉一個例子，「再

再び火をつけて
牛乳を入れ、
塩とこしょうで
味を調える。

再次開火，倒入牛奶，用鹽和胡椒粉調整味道。

 できあがり。

完成！

ポイント 重點

最後に白ワインをちょっと
入れると、さっぱりとした
大人の味になるよ！

最後稍微加一點白酒的話，會有清爽俐落的大人口味喔！

不出發的話，會遲到喔」日文是「もう出かけないと、遅刻するよ」。另外，接續助詞「と」還有一個重要用法，用來表示「一……就……」，例如「春になると、暖かくなる」（春天一到，就會變暖和），也要記住喔！

マカロニグラタン

焗烤通心麵

焗烤通心麵源自於法國，是法國的鄉村料理。由於其味道香醇、口感綿密、營養豐富、製作簡單、食用方便，所以現在在日本，不僅僅是粉領族的最愛而已，甚至熱門到大小超市都買得到只要放入烤箱加熱就可以品嚐的焗烤通心麵呢！不過既然料理這道菜不難，自製又更美味，所以請趕快學起來吧！

マカロニ	ひゃくごじゅう 150グラム
とりにく 鶏肉	ごじゅう 50グラム
たまねぎ	にぶん いっこ 2分の1個
しめじ	ごじゅう 50グラム
バター	ごじゅう 50グラム
こむぎこ 小麦粉	おお さん 大さじ3
ぎゅうにゅう 牛乳	さん 3カップ
しお 塩	しょうしょう 少々
こしょう	しょうしょう 少々
よう ピザ用チーズ	てきりょう 適量

材料 （四人份）

通心麵	一五〇公克
雞肉	五〇公克
洋蔥	二分之一顆
鴻禧菇	五〇公克
奶油	五〇公克
麵粉	三大匙
牛奶	三杯
鹽	少許
胡椒粉	少許
披薩用起士絲	適量

150g

063

日文烹飪一起學

作りかた 作法
つく

1 熱湯に塩を入れて、
ねっとう しお い
マカロニをゆでておく。

在滾開的水中加入鹽，
通心麵燙煮好備用。

2 たまねぎを薄切り
うすぎ
にし、鶏肉と
とりにく
しめじを食べやすい
た
大きさに切る。
おお き

洋蔥薄切，再將雞肉和鴻
禧菇切成容易食用之大小。

文法小幫手

●調味料

　調味料的日文，請先用「さしす
せそ」來學習吧！さ──砂糖（糖）；
し──塩（鹽）；す──酢（醋）；せ
　　さとう　　す
──醬油（醬油，日本古稱せうゆ）；
　しお
そ──味噌（味噌），這也是加入調味
　しょうゆ
料的順序，要記起來喔！此外，みりん
　　みそ

064

3 フライパンにバターを溶かして2を炒める。

在平底鍋上將奶油融化，炒2之材料。

4 たまねぎがしんなりしたら、
小麦粉を加えてからめる。

待洋蔥軟了之後，加入麵粉和在一起。

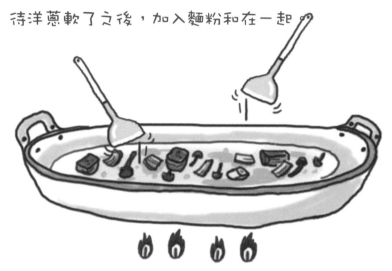

（味醂）、ケチャップ（番茄醬）、
マヨネーズ（美乃滋）、マスタード
（黃芥末醬）、オイスターソース（
蠔油）、ごま油（麻油）、ラー油（
辣油）、カレー粉（咖哩粉）、スパ
イス（香料）等日本常用的調味料也
記得住的話，料理會更美味喔！

單字小點心

しんなりする 變軟，枯萎

からめる
將粉狀或有黏性的東西附著在全體

焦げめ 有點焦的狀態

焼く 燒烤

作りかた 作法

⑤ 牛乳を4に入れて
強火でまぜ、
塩とこしょうを
ふる。

將牛奶放入4，用
大火混合，撒上鹽
和胡椒粉。

⑥ 1を加え、
ピザ用チーズを3分の1加えて混ぜる。
加入1，並加入三分之一的披薩用起士絲混在一起。

文法小幫手

●Vよう／ないよう

「よう」的用法眾多，重點中的
「焦がさないよう、手を動かそう」究
竟是什麼意思呢？這時必須觀察「よ
う」的前後接續做判斷。由於「よう」
的前後皆是動詞，所以此時有三種可能
性：①表「目的」，例如「遅刻しない

**グラタン皿に
6を入れ、
チーズをのせて
オーブンで
焦げめが
つくまで焼く。**

將6放入焗烤盤，
覆上起士絲，用烤
箱一直烤到有點焦
為止。

⅓起司絲

8 できあがり。

完成！

ポイント 重點

**バターと小麦粉は
焦がさないよう、
手をすばやく動かそう！**

為了不讓奶油和麵粉焦掉，
手要迅速攪動。

よう、早めに出かけた」（為了不遲到，提
早出門了）；②表「勸告」，例如「風邪を
ひかないよう、ご注意ください」（小心不
要感冒）；③表「願望」，例如「合格でき
るよう、神に祈った」（向神祈禱考上）。
所以「焦がさないよう」應該是用法②。

ポテトサラダ
馬鈴薯沙拉

不油不膩、能當前菜開胃、又能當主菜吃飽、或者是在點心時間解饞的馬鈴薯沙拉,當然是日本粉領族的最愛。除了馬鈴薯之外,還可以加上紅蘿蔔、玉米、小黃瓜、洋蔥等養顏美容的蔬果,真是一舉數得!不過處理這道料理的馬鈴薯時,有一些要注意的地方喔!請趕快看。

じゃがいも	4個（よんこ）
卵（たまご）	2個（にこ）
きゅうり	2分の1本（にぶん　いっぽん）
ロースハム	4枚（よんまい）
塩（しお）	少々（しょうしょう）
こしょう	少々（しょうしょう）
マヨネーズ	大さじ12（おお　じゅうに）
酢（す）	大さじ4（おお　よん）

材料　（四人份）

馬鈴薯	四顆
蛋	二顆
小黃瓜	二分之一根
火腿	四片
鹽	少許
胡椒粉	少許
美乃滋	十二大匙
醋	四大匙

069

1 卵を硬くゆで、みじん切りにしておく。

蛋燙煮到全熟，切成碎末備用。

2 きゅうりを薄切りにし、塩でもんで
水分をしぼる。

小黃瓜薄切，用鹽搓揉，將水分擰乾。

文法小幫手

●刀法

　　「切」的日文是「切る」，所以「切菜」就是「野菜を切る」。但是只學這樣還不夠喔！因為日語裡還有多種「刀法」：①「みじん切り」（碎末狀）；②「乱切り」（大大小小的各種形狀）；③「千切り」（細絲狀）；

3 ハムを食べやすい大きさに切る。

將火腿切成容易食用的大小。

4 じゃがいもをゆでて皮をむく。

將馬鈴薯燙煮後去皮。

④「薄切り」（薄片狀）；⑤「小口切り」（小口可食狀）；⑥「細切り」（細條狀）；⑦「輪切り」（圓筒狀、圓片狀）；⑧「さいの目切り」（骰子大小）。把這些切法套用在「Nを切法にする」裡，如作法的「きゅうりを薄切りにする」，您也是切菜高手！

單字小點心

もむ	搓揉
しぼる	搾，擰，擠
から煎りする	（不加水或油）乾煎
味つけする	調味

作りかた作法

5 4をなべに入れて強火でから煎りし、水分を飛ばす。

將4放入鍋中用大火乾煎，使水分揮發。

6 じゃがいもが熱いうちにつぶし、酢を加えて冷ます。

馬鈴薯趁熱搗碎，加醋冷卻。

文法小幫手

●Vたり

　　「たり」是接續助詞，最常以「VたりVたりする」的形態出現，①表示「動作的並列」，中文為「又……又……」，例如「泣いたり笑ったりした」（又哭又笑）；②表示「動作交替進行」，中文為「忽……忽……」，

072

6に1、2、3を入れ、塩とこしょう、マヨネーズ、酢で味つけする。

在6裡放入1、2、3之材料，用鹽和胡椒粉、美乃滋、醋調味。

 できあがり。

完成！

ポイント 重點

ポテトサラダが残ったら、コロッケにしたり餃子の皮に包んで揚げてもおいしいよ！

如果馬鈴薯沙拉剩下的話，把它做成可樂餅，或是包在餃子皮裡炸，也很好吃喔！

例如「降ったりやんだりする」（忽下忽停）。此外，若「たり」在句中只出現一次，通常為「例示」用法，表示「多種事情中的其中一種」，例如重點裡的「コロッケにしたり……」就表示美味的方法有多種，做成可樂餅是其中一種。

こしょうとって！幫我拿胡椒粉！

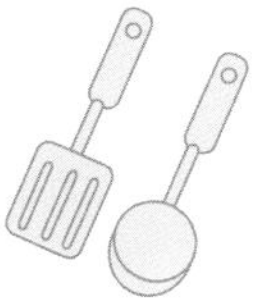

第三單元

日本上班族最愛吃的

（つかれをとる　消除疲勞）

第1名　　馬鈴薯燉肉

第2名　　牛肉蓋飯

第3名　　炸蝦

第4名　　煎餃

第5名　　關東煮

にく
肉じゃが
馬鈴薯燉肉

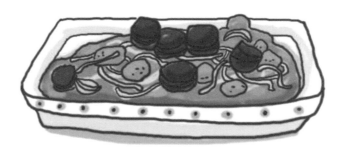

不折不扣屬於日本料理的馬鈴薯燉肉，可是日本海軍研發出來的喔！據說十九世紀末，名叫「東鄉平八郎」的日本海軍將領，由於非常懷念在英國留學時的燉牛肉味道，所以命令艦艇上負責伙食的人做做看。由於船上沒有製作燉牛肉的紅酒和調味醬汁，只好採用醬油和糖調味，沒想到美味的馬鈴薯燉肉就此誕生。

材料（4人分）

じゃがいも	4個
たまねぎ	1個
しらたき	適量
牛肉（薄切り）	200グラム
サラダ油	大さじ3
砂糖	大さじ3
酒	大さじ2
みりん	大さじ2
しょうゆ	大さじ5
水	2カップ

材料（四人份）

馬鈴薯	四顆
洋蔥	一顆
蒟蒻絲	適量
牛肉（薄切片）	二〇〇公克
沙拉油	三大匙
砂糖	三大匙
酒	二大匙
味醂	二大匙
醬油	五大匙
水	二杯

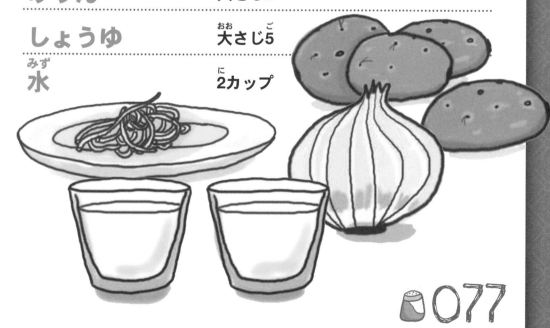

 じゃがいもの皮_{かわ}をむき、
食_たべやすい大_{おお}きさに切_きる。

馬鈴薯去皮，切成容易食用的大小。

② たまねぎと牛肉_{ぎゅうにく}を切_きる。

切洋蔥和牛肉。

文法小幫手

● 計量單位

　　作法中的「5、6センチ_{ごろく}の長_{なが}さに切_きる」是「切成五、六公分的長度」，那麼您知道日文的其他計量單位怎麼說嗎？首先我們來學習長度：毫米是「ミリ（メートル）」，公分是「センチ」，公尺是「メートル」，公里是

③ お湯でしらたきをゆで、5、6センチの
長さに切る。

用開水燙煮蒟蒻絲，切成五、六公分長。

④ なべにサラダ油をしき、たまねぎを炒める。

在鍋中鋪上沙拉油，炒洋蔥。

「キロ（メートル）」。接下來學習
重量：毫克是「ミリ（グラム）」，
公克是「グラム」，公斤是「キロ
（グラム）」，公噸是「トン」。至
於常用的面積「平方公尺」是「平方
メートル」；常用的容積「公升」是
「リットル」，也要記住喔！

單字小點心

ぜんたい 全体	全體，整體
まわる	（依序）傳遞，輪流
お 落としぶた	へいほう 比鍋口小的鍋蓋
にじる 煮汁	湯汁

079

日文烹飪一起學　作りかた 作法

5 4に1、2、3を入れ、
全体に油がまわるよう炒める。

在4中加入1、2、3，炒到全部材料都能沾上油。

6 5に水を入れ、砂糖と酒、
みりん、しょうゆで味つけする。

在5中加入水，用砂糖、酒、味醂、醬油調味。

文法小幫手

●から

「から」是助詞，可當「接續助詞」「格助詞」「終助詞」使用。
①重點中的「しみこむから、翌日は……」，由於「から」連接前後兩句話，所以斷定為「接續助詞」，意為「因為……，所以……」；②「から」

肉じゃが

にく　馬鈴薯燉肉

7 火を弱火にし、落としぶたをして煮汁がなくなるまで煮る。

ひ　よわび　お　にじる　に

轉小火，蓋上比鍋子小的鍋蓋，烹煮至湯汁收乾為止。

8 できあがり。

完成！

ポイント 重點

煮込み料理は冷ますと味がしみこむから、翌日はもっとおいしくなってるよ。

にこ　りょうり　さ　あじ　よくじつ

燉煮的料理涼了之後會更入味，所以第二天會變得更美味喔！

當「終助詞」時表示「決心」，決心的內容為「から」前面的字，例如「がんばるから」就是「（我）會努力」；③「から」當「格助詞」時用法繁多，但大多逃離不了「起點」的語感，例如「午後から」（從下午開始）、「玄関から入る」（從玄關進來）都是。

ごご　げんかん　はい

ぎゅうどん
牛丼

牛肉蓋飯

牛肉蓋飯就是把牛肉片和洋蔥一起燉煮，煮好後放到白飯上的日本庶民料理。比較特別的是，盛放的容器一定要大碗公喔！否則就不叫「丼」了。由於這道料理的香氣十足，甜甜鹹鹹地吃起來十分爽口，所以是任何時候都可品嘗的佳餚。如果敢嘗試的話，建議您還可以學日本人加上紅薑和生蛋享用喔！

材料 <ruby>材料<rt>ざいりょう</rt></ruby>（4人分）<ruby><rt>よにんぶん</rt></ruby>

<ruby>牛<rt>ぎゅう</rt></ruby>ばら<ruby>肉<rt>にく</rt></ruby>	４00グラム<ruby><rt>よんひゃく</rt></ruby>
たまねぎ	2分の１個<ruby><rt>にぶん いっこ</rt></ruby>
しらたき	200グラム<ruby><rt>にひゃく</rt></ruby>
しょうが	2かけ<ruby><rt>ふた</rt></ruby>
しょうゆ	大さじ４<ruby><rt>おお よん</rt></ruby>
<ruby>酒<rt>さけ</rt></ruby>	大さじ３<ruby><rt>おお さん</rt></ruby>
<ruby>砂糖<rt>さ とう</rt></ruby>	大さじ３<ruby><rt>おお さん</rt></ruby>
<ruby>塩<rt>しお</rt></ruby>	少々<ruby><rt>しょうしょう</rt></ruby>
だし<ruby>汁<rt>じる</rt></ruby>	2カップ<ruby><rt>に</rt></ruby>
ごはん	４膳（＝４杯）<ruby><rt>よんぜん よんはい</rt></ruby>

材料（四人份）

牛五花肉	四〇〇公克
洋蔥	二分之一顆
蒟蒻絲	二〇〇公克
薑	二塊
醬油	四大匙
酒	三大匙
砂糖	三大匙
鹽	少許
日式高湯㊟	二杯
白飯	四碗

㊟用柴魚片和昆布等熬成的湯頭

1/2

083

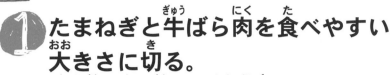

日文+烹飪一起學

作りかた 作法
つく

1 たまねぎと牛ばら肉を食べやすい
ぎゅう　にく　た
大きさに切る。
おお　　　　　　き
將洋蔥和牛五花肉切成容易食用的大小。

2 しらたきを10センチに切ってから、
じゅっ　　　　き
1分ほどゆでる。
いっぷん
將蒟蒻絲切成十公分的長度之後，再燙煮約一分鐘。

文法小幫手

Chef

●丼物
どんもの
「丼」原指盛放飯或麵類的陶瓷
どん
器，日文又叫做「丼」或「丼鉢」，
どんぶり　　　どんぶりばち
是比較大的碗。但是現在「丼」也引申
どん
為「丼物」（蓋飯料理），也就是在
どんもの
「丼」這樣的容器上盛放白飯，白飯上
どん
面又覆蓋料理的美食。另外值得一提的

3 だし<ruby>汁<rt>じる</rt></ruby>にたまねぎを<ruby>入<rt>い</rt></ruby>れて<ruby>煮<rt>に</rt></ruby>る。

將洋蔥放進日式高湯裡熬煮。

4 **3**に しょうゆと<ruby>酒<rt>さけ</rt></ruby>、<ruby>砂糖<rt>さとう</rt></ruby>、<ruby>塩<rt>しお</rt></ruby>を<ruby>入<rt>い</rt></ruby>れる。

在3中加入醬油和酒、砂糖、鹽。

是，在日本不是只有「<ruby>牛丼<rt>ぎゅうどん</rt></ruby>」喔！其他還有「イクラ<ruby>丼<rt>どん</rt></ruby>」（鮭魚子蓋飯）、「<ruby>鰻丼<rt>うなぎどん</rt></ruby>」（鰻魚蓋飯）、「<ruby>親子丼<rt>おやこどん</rt></ruby>」（雞肉雞蛋蓋飯）、「<ruby>海鮮丼<rt>かいせんどん</rt></ruby>」（海鮮蓋飯）、「かつ<ruby>丼<rt>どん</rt></ruby>」（豬排蓋飯）、「<ruby>天丼<rt>てんどん</rt></ruby>」（天婦羅蓋飯）……，只要您想得到的食材，都可以做成蓋飯呢！

單字小點心

ほど	大約，左右
<ruby>煮<rt>に</rt></ruby>る	熬煮
よそう	裝盛
のせる	蓋上，擺上

5 ４に牛肉としらたきを加え、ふたをして煮る。
在4裡加入牛肉和蒟蒻絲，蓋上鍋蓋熬煮。

6 しょうがをすりおろして5に入れる。
把薑磨成泥，加進5裡。

文法小幫手

●VてからV

　　想用日文表達中文的「順序」，使用「VてからV」這個句型最方便了。「VてからV」乃表達說話者描述一連串動作的發生，中文翻譯成「先……之後，再……」。像作法中的「切ってから、１分ほどゆでる」

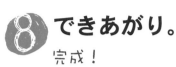
7 どんぶりにご飯_{はん}をよそい、6_{ろく}をのせる。

　在大碗上盛放白飯，蓋上6。

8 できあがり。

　完成！

ポイント　重點

お好_{この}みで紅_{べに}しょうがや
半熟卵_{はんじゅくたまご}をのせると、
いろんな味_{あじ}が楽_{たの}しめるよ！

隨個人喜好放上紅薑或半熟蛋的話，可以享受各種滋味喔！

便表示要連續做「切_きる」和「ゆでる」兩個動作，「先切之後，再燙煮約一分鐘」。又例如「お風呂_{ふろ}に入_{はい}ってから、食事_{しょくじ}にしよう」，是說話者請聽話人連續做兩個動作，先「お風呂_{ふろ}に入_{はい}る」再「食事_{しょくじ}にする」，所以譯為「先洗澡以後，再吃飯吧！」。

えびフライ

炸蝦

在日本，炸蝦是家庭餐廳裡一定點得到的主菜，也是日本媽媽在家裡常做的料理。它的作法看似簡單，其實要注意的地方還真不少，像是蝦子要留頭留尾，炸起來才漂亮；挑去蝦腸，吃起來才順口；蝦肚要切幾刀，炸了以後才不會捲起來。如果全學起來，您也是日本料理高手囉！

<ruby>材<rt>ざい</rt></ruby><ruby>料<rt>りょう</rt></ruby>（4<ruby>人分<rt>よにんぶん</rt></ruby>）

えび（<ruby>大<rt>おお</rt></ruby>きめのもの）	12<ruby>匹<rt>じゅうにひき</rt></ruby>
<ruby>小麦粉<rt>こむぎこ</rt></ruby>	<ruby>適量<rt>てきりょう</rt></ruby>
<ruby>卵<rt>たまご</rt></ruby>	2<ruby>個<rt>にこ</rt></ruby>
パン<ruby>粉<rt>こ</rt></ruby>	<ruby>適量<rt>てきりょう</rt></ruby>
<ruby>塩<rt>しお</rt></ruby>	<ruby>少々<rt>しょうしょう</rt></ruby>
こしょう	<ruby>少々<rt>しょうしょう</rt></ruby>
キャベツ	<ruby>適量<rt>てきりょう</rt></ruby>
ソース	<ruby>適量<rt>てきりょう</rt></ruby>
サラダ<ruby>油<rt>あぶら</rt></ruby>	<ruby>適量<rt>てきりょう</rt></ruby>

材料 （四人份）

蝦（較大隻的）	十二尾
麵粉	適量
蛋	二個
麵包粉	適量
鹽	少許
胡椒粉	少許
高麗菜	適量
醬汁	適量
沙拉油	適量

×12尾

麵粉

089

① えびは頭（あたま）と尾（お）を残（のこ）して殻（から）を外（はず）す。

蝦子留下頭和尾，去殼。

② えびの背（せ）わたを取（と）り、
おなかの部分（ぶぶん）に3か所（しょ）切（き）り込（こ）みを入（い）れる。

挑出蝦腸，肚子的部份切三刀。

文法小幫手

●山珍海味

　　本道料理介紹的是「炸蝦」，現在介紹其他山珍海味的日文怎麼說！山珍有：「鶏肉（とりにく）、豚肉（ぶたにく）、牛肉（ぎゅうにく）、フォアグラ（鵝肝）、トリュフ（松露）……」；海味有：「いか（花枝）、うに（海膽）、あわび（鮑魚）、ふかひれ（魚翅）、は

3 2に塩とこしょうをふる。

在2撒上鹽和胡椒粉。

4 3に小麦粉をまぶし、余分な粉を落とす。

將3裹上麵粉，敲掉多餘的粉末。

まぐり（蛤蠣）、たらばがに（帝王蟹）、ロブスター（龍蝦）、上海がに（大閘蟹）、かき（牡蠣）、ふぐ（河豚）、大とろ（黑鮪魚大腹）、中とろ（黑鮪魚中腹）、鯛（鯛魚）、キャビア（魚子醬）……」，您是不是也垂涎三尺了呢？

單字小點心

のこ 残す	留下，剩下
はず 外す	取下，摘下
せ 背わた	腸泥
そ 添える	添上，附加

日文烹飪一起學　作りかた 作法

5 卵を溶いて、4をつける。

打好蛋，沾在4上。

6 5にパン粉をつけてサラダ油で揚げ、
お皿に盛る。

將5沾上麵包粉，用沙拉油炸，裝盤。

文法小幫手

●料理的動作

料理「動作」的日文整理如下：
①「剝」是「外す」，如「殻を外す」
（剝掉殼）；②「取」是「取る」，
如「背わたを取る」（取出蝦腸）；
③「撒」是「ふる」，如「塩をふる」
（撒上鹽）；④「裹」是「まぶす」，

092

千切りにしたキャベツを添え、ソースをかける。

添上切成細絲的高麗菜，淋上醬汁。

できあがり。

完成！

ポイント 重點

えびに切れ込みを入れると、えびが縮まずきれいにできあがるよ！

在蝦子上面劃幾刀的話，蝦子就不會縮起來，炸起來很漂亮喔！

如「小麦粉をまぶす」（裏上麵粉）；⑤「溶合」是「溶く」，如「卵を溶く」（打蛋）；⑥「沾」是「つける」，如「パン粉をつける」（沾上麵包粉）；⑦「淋」是「かける」，如「ソースをかける」（淋上醬汁）。通通要記住喔！

焼きぎょうざ
や

煎餃

　源自於中國滿州、在二次世界大戰後傳到日本的煎餃，在日本雖然歸類為中華料理，但是日本媽媽也常在家裡做喔！因為在日本人的心目中，煎餃早已成為日常生活中不可或缺的一部分。比較特別的是，不管在中國還是台灣，煎餃通常拿來當主食，但在日本，可是當成菜肴來配飯或配拉麵的呢！

材料（4人分）

豚ひき肉	200グラム
キャベツ	100グラム
しょうが汁	大さじ1
ごま油	大さじ1
しょうゆ	大さじ1
酒	大さじ1
片栗粉	大さじ1
ぎょうざの皮	24枚
サラダ油	適量

材料（四人份）

豬絞肉	二〇〇公克
高麗菜	一〇〇公克
薑汁	一大匙
麻油	一大匙
醬油	一大匙
酒	一大匙
太白粉	一大匙
餃子皮	二十四張
沙拉油	適量

200g

100g

095

作りかた 作法

1 キャベツをみじん切りにする。
將高麗菜切成碎末。

2 ボールに１と豚ひき肉、しょうが汁、
ごま油、しょうゆ、酒、片栗粉を入れる。
鉢中放入1和豬絞肉、薑汁、麻油、醬油、酒、太白粉。

文法小幫手

●粉

「粉」是粉末，日本人常用來勾芡的「片栗粉」就是台灣的「太白粉」。它本來是從「片栗」這樣的植物提煉出來，但由於價格昂貴，現在多使用「馬鈴薯」提煉。除了「片栗粉」外，在日本常用的粉還有「小麦粉」

3 2を粘りが出るまでこねる。

將2搓揉到出現黏性為止。

4 3をぎょうざの皮にのせ、
ひだをつけながら口を閉じる。

將3放在餃子皮上。一邊打褶、一邊封住開口。

（麵粉），其中「強力粉」（高筋麵粉）多拿來做拉麵、麵包；「中力粉」（中筋麵粉）多用於什錦燒、烏龍麵；至於「薄力粉」（低筋麵粉）則用來做餅乾、炸天婦羅。日本還有一種「白玉粉」，糯米做的，加點水搓一搓就變成湯圓，厲害吧！

單字小點心

粘り	黏性，黏度
こねる	搓揉
ひだ	（衣服、餃子皮等的）褶
閉じる	合上，關閉

097

5 フライパンを熱してサラダ油をしき、
ねっ　　　　　　　あぶら
4 を並べる。
よん　なら

加熱平底鍋後鋪上沙拉油，把4排好。

6 皮の底がきつね色になったら水を加えて
かわ　そこ　　　　　いろ　　　　　　　みず　くわ
ふたをし、蒸し焼きにする。
む　や

待餃子皮的底變成土黃色時，加水蓋上鍋蓋蒸烤。

文法小幫手

●に & Nにする

　　助詞「に」最常使用在①表「動作施行的時間」，如「7時に起きる」
しちじ　お
（七點起床）；②表「靜態動詞施行的場所」，如「東京に住んでいる」（住
とうきょう　す
在東京）；③表「動作的歸著點」，如作法中的「皮にのせる」（放在皮上）
かわ

7 しょうゆと酢、ラー油を合わせて
す
つけだれを作る。
ゆ あ
つく

將醬油和醋、辣油混在一起，做成沾醬。

8 できあがり。

完成！

ポイント 重點

ぎょうざをくっつきにくく
するには、フライパンを
よく熱してから焼くこと！
ねっ や

若要餃子不易沾鍋，要徹底加
熱平底鍋之後再煎！

和「ボールに入れる」（放入鉢裡）；④表
い
「動作變化的結果」，如作法中「みじん切
ぎ
りにする」（切成碎末）。使用用法④時要
特別注意「Ｎにする」和「Ｎになる」句型
的不同，前者是人為使其變化，後者是自然
的變化，千萬不可用錯喔！

おでん
關東煮

來自日本的平民美食「關東煮」，是在日式高湯、醬油裡面放
上白蘿蔔、竹輪、蒟蒻、水煮蛋等食材燉煮的料理。為什麼叫
「おでん」呢？那是因為這道料理起源於日本室町時代的「田
樂」（「田樂燒き」的略稱；豆腐、茄子、魚等的味噌醬烤料
理），叫久了以後，在「でんがく」的「でん」前面加個接頭
語「お」，就成了今日的「おでん」了。

材料（ざいりょう）（4人分）（よにんぶん）

だいこん	300グラム（さんびゃく）
ちくわ	2本（にほん）
ゆで卵（たまご）	4個（よんこ）
さつまあげ	2枚（にまい）
こんにゃく	1丁（いっちょう）
つみれ	4個（よんこ）
はんぺん	2枚（にまい）
だし汁（じる）	8カップ（はち）
みりん	5分の2カップ（ごぶん に）
しょうゆ	5分の1カップ（ごぶん いち）

材料 （四人份）

白蘿蔔	三〇〇公克
竹輪	二根
水煮蛋	四顆
薩摩揚	二片
（用魚漿炸成的食品，類似台灣的甜不辣）	
蒟蒻	一塊
魚丸	四顆
半平	二片
（魚漿和山芋等蒸製成的扁平狀食品）	
日式高湯㊟	八杯
味醂	五分之二杯
醬油	五分之一杯

㊟用柴魚片和昆布等熬成的湯頭

x 4顆

101

① だいこんは厚さ2センチの輪切りにし、
皮をむいて硬めにゆでておく。

白蘿蔔切成二公分厚的圓筒狀，去皮，燙煮到有點硬度
備用。

② こんにゃくはさっとゆで、
両面に浅く切り込みを入れておく。

蒟蒻迅速川燙，兩面淺淺劃下數刀備用。

2cm

文法小幫手

Chef

●Vたい

　「たい」的中文是「想……」，如
作法中的「食べたい」就是「想吃」。
使用時需注意：①動詞要變成第二變化
再接續；②動作的主語必須是第一人
稱，也就是自己，否則需使用表示第
三者想要做某動作的「Vたがる」，例

③ なべにみりんとだし汁、
しょうゆを加えて煮汁を作る。
鍋子裡加入味醂、日式高湯、醬油煮成滷汁。

④ ３に、こんにゃくやだいこんなど
味のしみにくい具を入れて煮込む。
在３裡放入蒟蒻或白蘿蔔等不容易入味的材料燉煮。

如「（私は）結婚したい」（我想結婚）和「彼女は結婚したがる」（她想結婚）可以明顯看出不同；③那中文的「妳想要結婚嗎？」要用「たい」還是「たがる」呢？因為這是說話者、也就是第一人稱的意志，所以當然要用「（あなたは）結婚したいですか」。

單字小點心	
さっと	迅速
加える	添加
しみる	入味，滲透
温める	加溫，加熱

⑤ 残りの具をすべてなべに入れ、弱火で
４０分ほど煮込む。
(のこ) (ぐ) (い) (よわ び) (よんじゅっぷん) (に こ)

把剩下的材料全部放進鍋裡，用小火燉煮約四十分鐘。

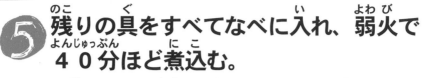

文法小幫手

●〜ば〜ほど

「越……就越……」的日文怎麼說呢？可利用「〜ば〜ほど」句型。例如①重點中「愛情を注げば注ぐほど、おいしくなる」(あいじょう そそ そそ)（越灌注愛情就變得越好吃）是本句型「動詞」的用法，前面的動詞「注ぐ」(そそ)要變成「條件形」；②

⑥ いったん火をとめ冷まして味を
しみこませ、食べるときに再度温める。

先關一次火使其冷卻入味，要食用時再次加熱。

⑦ 食べたい具をお皿にとり、
からしや七味などを添えてもいい。

把想吃的料放在盤上，添加黃芥末或七味粉等亦可。

⑧ できあがり。
完成！

ポイント 重點

煮込みながらときどき
具に汁をかけてあげよう。
愛情を注げば注ぐほど、
おいしくなるよ！

一邊燉煮，一邊也時時幫材料
淋上湯汁吧！越灌注愛情，
會變得越好吃喔！

「長ければ長いほどいい」（越長越好）是「イ形容詞」用法，前面的「長い」也要變成「條件形」；③「有名であればあるほど高い」（越有名越貴）則是「名詞、ナ形容詞」的用法，使用時要在名詞或ナ形容詞後面加「であれば」。

おなかいっぱい。肚子好飽。

第四單元

日本老年人最愛吃的

（健康になる　變健康）
けんこう

てんぷら
天婦羅

「てんぷら」就是把海鮮、蔬菜等裹上麵粉、蛋汁和麵包粉去炸的料理，漢字也寫作「天婦羅」或「天麩羅」。它在日本，是從站著吃的餐廳、到高級料理店都吃得到的美食，早已融入日本人的生活中。提醒大家，除了本篇介紹的食材外，別忘了也學學日本人，充分運用季節性的食材，這樣生活才會充滿樂趣喔！

材料（よにんぶん）<ruby>材料<rt>ざいりょう</rt></ruby>（4人分）

えび	4匹 (よんひき)
いか	2分の1匹 (にぶん いっぴき)
なす	2本 (にほん)
さつまいも	1本 (いっぽん)
サラダ油 (あぶら)	適量 (てきりょう)
てんつゆ ㊟	適量 (てきりょう)
だいこんおろし	2分の1カップ (にぶん いち)
卵 (たまご)	1個 (いっこ)
冷水 (れいすい)	適量 (てきりょう)
小麦粉 (こむぎこ)	適量 (てきりょう)

㊟だし：しょうゆ：みりん　4：1：1の割合 (よん いち いち わりあい)

材料	（四人份）
蝦	四尾
花枝	二分之一隻
茄子	二條
地瓜	一條
沙拉油	適量
天婦羅柴魚醬油㊟	適量
蘿蔔泥	二分之一杯
蛋	一顆
冰開水	適量
麵粉	適量

㊟醬汁：醬油：味醂　4：1：1之比例

×4尾

109

1 いかは食べやすい大きさに切り、丸まらないよう切り込みを入れる。

花枝切成容易食用的大小，劃幾刀讓花枝不要捲起來。

2 えびは殻をむいて背わたをとり、切り込みを入れる。

蝦子剝殼去蝦腸，劃上幾刀。

文法小幫手

●形容詞→副詞

　　日文的副詞分為「狀態副詞」、「程度副詞」、「陳述副詞」，像作法中「さっくりとまぜる」（大致地攪拌一下）的「さっくりと」（大致地）就是狀態副詞，用來修飾動詞「まぜる」（攪拌）的狀態。除了靠背誦記住大

③ なすとさつまいもは８ミリ厚さの
輪切りにする。

茄子和地瓜切成〇點八公分厚的圓片狀。

④ 小麦粉をよくふるっておく。

麵粉仔細篩過備用。

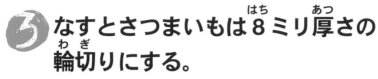

0.8 cm　　　0.8 cm

量的副詞之外，日文形容詞第二變化
「連用形」也可以當副詞用，如作法
中的「よくふるう」的「よく」（好
好地），就是從形容詞「いい」（好
的）變化來的。同理，作法中的「手
早くまぜる」的「手早く」（迅速
地）來自於「手早い」（迅速的）。

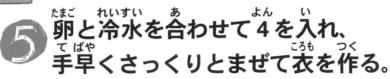

作りかた 作法

⑤ 卵と冷水を合わせて4を入れ、
手早くさっくりとまぜて衣を作る。

將蛋和冰開水混合倒入4，迅速地大致攪拌一下，
做成麵衣。

文法小幫手

●Vていく

「ていく」是補助動詞其中之
一，在V後面加上「ていく」：①表
動作逐漸遠離，如「走る」（跑）→
「走っていく」（跑走）可看出V多了
「ていく」，有「逐漸遠離」的語感；
②表狀態逐漸變化，如「減る」（減

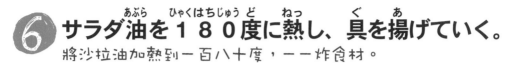

6 サラダ油を１８０度に熱し、具を揚げていく。
将沙拉油加熱到一百八十度，一一炸食材。

7 てんつゆとだいこんおろしを合わせて添える。
將天婦羅柴魚醬油和蘿蔔泥混合當作沾醬。

8 できあがり。
完成！

少）→「減っていく」（減少下去）；③表
動作的繼續，如「努力する」（努力）→
「努力していく」（繼續努力）；④表動
作的消滅，如作法中的「具を揚げていく」
（把食材一一炸下去），就比「具を揚げ
る」（炸食材）多了依序炸到完的語感。

ポイント 重點

てんぷらをカラッと揚げる
には、よく冷えた水で
衣を作ること！
想把天婦羅炸得酥酥脆脆，
必須好好地用冰開水做麵衣喔！

すき焼き

壽喜燒

「壽喜燒」和「天婦羅」、「壽司」一樣,都是代表性的日本料理。它和一般的火鍋有幾點不同,一是要用有點淺的鐵鍋來煮;二是它的湯頭很特別,要先把牛肉炒過,然後加上綜合「日式高湯、砂糖、味醂、酒、醬油」調製而成的湯汁。擔心自己做出來沒有日本味嗎?只要注意材料和步驟,真的一點都不難!

<ruby>牛肉<rt>ぎゅうにく</rt></ruby>（<ruby>薄切り<rt>うすぎ</rt></ruby>）	<ruby>600<rt>ろっぴゃく</rt></ruby>グラム
しらたき	<ruby>200<rt>にひゃく</rt></ruby>グラム
<ruby>白菜<rt>はくさい</rt></ruby>	<ruby>4分<rt>よんぶん</rt></ruby>の<ruby>1個<rt>いっこ</rt></ruby>
ねぎ	<ruby>2本<rt>にほん</rt></ruby>
<ruby>生<rt>なま</rt></ruby>しいたけ	<ruby>8個<rt>はっこ</rt></ruby>
だし<ruby>汁<rt>じる</rt></ruby>	<ruby>1<rt>いち</rt></ruby>カップ
<ruby>砂糖<rt>さとう</rt></ruby>	<ruby>大<rt>おお</rt></ruby>さじ<ruby>2<rt>に</rt></ruby>
みりん	<ruby>大<rt>おお</rt></ruby>さじ<ruby>4<rt>よん</rt></ruby>
<ruby>酒<rt>さけ</rt></ruby>	<ruby>大<rt>おお</rt></ruby>さじ<ruby>4<rt>よん</rt></ruby>
しょうゆ	<ruby>大<rt>おお</rt></ruby>さじ<ruby>6<rt>ろく</rt></ruby>
<ruby>牛脂<rt>ぎゅうし</rt></ruby>	<ruby>適量<rt>てきりょう</rt></ruby>
<ruby>卵<rt>たまご</rt></ruby>（お<ruby>好<rt>この</rt></ruby>みで）	<ruby>4個<rt>よんこ</rt></ruby>

材料 （四人份）

牛肉（薄切片）	六〇〇公克
蒟蒻絲	二〇〇公克
白菜	四分之一顆
蔥	二根
生香菇	八朵
日式高湯㊟	一杯
砂糖	二大匙
味醂	四大匙
酒	四大匙
醬油	六大匙
牛油	適量
蛋（個人喜好）	四顆

㊟用柴魚片和昆布等熬成的湯頭

① しらたきは5分ほどゆでて、
冷めてから食べやすい大きさに切る。

蒟蒻絲燙五分鐘左右，等涼了以後切成容易食用的大小。

② 白菜は5センチ幅に切り、
ねぎは斜め薄切りにする。

白菜切成五公分寬，蔥斜切成薄片。

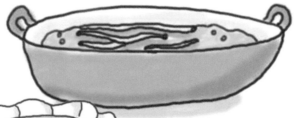

文法小幫手

Chef

● ほど

　　還記得學過「～ば～ほど」的句型嗎？現在單獨探討「ほど」的用法。「ほど」可當「名詞」和「副助詞」使用，當它是「名詞」時，意為「限度、分寸」，例如：「冗談にもほどがある」（開玩笑也有限度）。當它是「副

3 なべに酒とみりんを入れて火にかけ、
アルコールを飛ばす。
鍋子裡加入酒和味醂後開火，讓酒精蒸發。

4 3に1と2を入れる。
在3裡加入1和2。

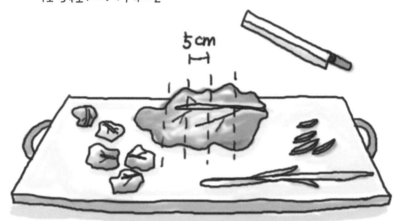

助詞」時，常用於：①接續在「數字
後面」表示「程度、基準」，中文為
「大約」，如作法中的「5分ほどゆ
でる」，就是「大約燙煮五分鐘」；
②接續在「動詞後面」表示「狀態的
程度」，中文為「～得～」，例如：
「死ぬほど疲れた」（累得要命）。

日文烹飪一起學

作りかた 作法

5 だし汁と砂糖、みりん、酒、しょうゆを
合わせ、割りしたを作っておく。

將日式高湯和砂糖、味醂、酒、醬油混合，
做成佐料汁備用。

6 フライパンに牛脂を入れて牛肉を炒める。

在平底鍋放入牛
油後炒牛肉。

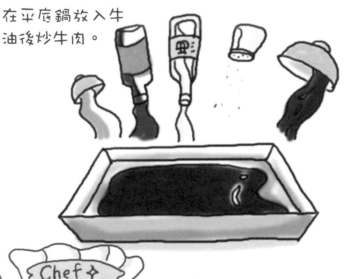

文法小幫手

●油

做料理免不了用到油，最常見的
是炒菜用的「サラダ油」（沙拉油）和
做義大利麵的「オリーブオイル」（橄
欖油），除此之外，「ひまわり油」（
葵花油）、「ピーナッツオイル」（花
生油）、「牛脂」（牛油）、「ラー

6に残りの具を入れて5を加え、
ちょっと煮る。
把剩下來的食材放到6裡，再加入5稍微煮一下。

8 できあがり。（お好みで溶き卵をつけていただく）
完成！ （隨個人喜好，可沾打好的蛋享用。）

ポイント 重點

鉄製の「すき焼きなべ注」
で煮込みながら食べると、
もっとおいしくなるよ。
注 日系デパートで購入できる。

用鐵製的「壽喜燒鍋注」一邊燉煮
一邊吃的話，會變得更好吃喔！
注 日系的百貨公司可以買到。

ド」（豬油）、「バター」（奶油）、「ラー油」（辣油）、「ごま油」（麻油）等等，也是常用得到的油呢！另外，再教您兩個希望大家都不會用到的諺語，那就是「油を売る」（混水摸魚）和「油を絞られる」（被責備）囉！

つけもの
漬物 漬物

「きゅうりのしょうゆ漬け」と「もやしのからし酢味噌漬け」

「小黃瓜醬油漬物」和「豆芽黃芥末醋味噌漬物」

對連早餐也是吃白米飯的大和民族而言，「つけもの」是每日餐桌上不可或缺的料理。日本最常見的「つけもの」有：將蘿蔔、茄子、蓮藕、小黃瓜等蔬菜用醬油和糖醃漬的「福神漬け」（福神漬），還有「沢庵」（醃蘿蔔）、「梅干」（梅干）、「らっきょう」（蕎頭）等等，除了這些，學學本篇教您的這兩種吧！

材料（ざいりょう）（4人分）（よにんぶん）

きゅうりのしょうゆ漬け（づけ）

きゅうり	4本（よんほん）
しょうが	1かけ（ひと）
塩（しお）	小さじ2分の1（こ・にぶん・いち）
しょうゆ	3分の1カップ（さんぶん・いち）
水（みず）	3分の1カップ（さんぶん・いち）
みりん	大さじ3（おお・さん）
酢（す）	大さじ2（おお・に）
だしの素（もと）	少々（しょうしょう）

もやしのからし酢味噌漬け（すみそづ）

もやし	100グラム（ひゃく）
白味噌（しろみそ）	100グラム（ひゃく）
からし	大さじ1（おお・いち）
砂糖（さとう）	大さじ2（おお・に）
酢	大さじ3（おお・さん）

材料（四人份）

豆芽黃芥末醋味噌漬物

豆芽	一〇〇公克
白味噌	一〇〇公克
黃芥末	一大匙
砂糖	二大匙
醋	三大匙

材料（四人份）

小黃瓜醬油漬物

小黃瓜	四根
薑	一塊
鹽	二分之一小匙
醬油	三分之一杯
水	三分之一杯
味醂	三大匙
醋	二大匙
日式高湯粉	少許

×1/2

醬油

121

★ きゅうりのしょうゆ<ruby>漬け<rt>づ</rt></ruby>
小黃瓜醬油漬物

1 きゅうりを1センチ<ruby>幅<rt>はば</rt></ruby>の<ruby>輪切<rt>わぎ</rt></ruby>りにし、ボールに<ruby>入れる<rt>い</rt></ruby>。

小黃瓜切成一公分寬的圓筒狀，放入鉢中。

2 しょうがを<ruby>千切<rt>せんぎ</rt></ruby>りにし、<ruby>1と混ぜる<rt>いちま</rt></ruby>。

薑切成細絲，和1混合。

1cm寬

文法小幫手

● <ruby>漬物<rt>つけもの</rt></ruby>

　　日本的「<ruby>漬物<rt>つけもの</rt></ruby>」其實就是台灣的醬菜，由於在製作時會發出強烈的香氣，在日本又稱「<ruby>香の物<rt>こうもの</rt></ruby>」（香物）或「<ruby>お新香<rt>しんこ</rt></ruby>」（新香）。其種類五花八門，大致有：①<ruby>塩漬け<rt>しおづ</rt></ruby>（用鹽醃漬）；②しょうゆ<ruby>漬け<rt>づ</rt></ruby>（用醬油醃漬）；

3
塩（しお）としょうゆ、水（みず）、みりん、酢（す）、
だしの素（もと）をなべに入（い）れて沸騰（ふっとう）させる。

將鹽和醬油、水、味醂、醋、日式高湯粉放入鍋中使其沸騰。

4
3（さん）を2（に）に加（くわ）え、冷蔵庫（れいぞうこ）で一晩（ひとばん）漬（つ）け込（こ）む。

把3加到2裡，
在冰箱醃漬一晚入味。

③味噌漬け（用味噌醃漬）；④酢漬け（用醋醃漬）；⑤甘酢漬け（用加糖的醋醃漬）；⑥塩麹漬け（用米麹和鹽醃漬）；⑦粕漬け（用酒糟醃漬）；⑧糠漬け（用米糠醃漬）；⑨砂糖漬け（用糖醃漬）等，拿來配飯再適合也不過了！

日文烹飪一起學　作りかた_{作法}

★もやしのからし酢味噌漬け

豆芽黃芥末醋味噌漬物

1 沸騰したお湯にもやしを入れてゆがく。

把豆芽放到沸騰的水中川燙。

文法小幫手

Chef

●だけ

　　副助詞「だけ」①最常使用在「限定於某種範圍」，此時接續在名詞或動詞後面，意為「只有、只是……而已」，例如重點中的「味だけ」（只有味道而已）是接續於名詞之後的用法；「買わずに見ているだけ」（不買只是在看而已）是接續

124

2 １に火が通ったらざるにあげる。

待1熟了之後放到竹篝上。

3 白味噌とからし、砂糖、酢を混ぜ、
2を加えて和える。

將白味噌和黃芥末、砂糖、醋混合，把2加進去拌一拌。

4 できあがり。

完成！

ポイント 重點

漬物は味だけじゃなく、

シャキシャキとした
歯ごたえも大事だよ。

漬物不只是味道而已，清脆的
口感也很重要喔！

於動詞之後的用法；②還可以表示「限定於
某種程度」，例如「できるだけ努力する」
（盡可能努力）、「持てるだけ持つ」（能
帶的盡量帶）。它的基本句型為「V5＋だけ
＋V」，也就是「だけ」必須接續在動詞第五
變化（可能形）後面，要記起來喔！

125

かぼちゃの味噌汁
南瓜味噌湯

任誰都知道日本料理的味噌湯，其實裡頭不止放豆腐、裙帶菜而已，它還可以放魚類、貝類、豬肉等等，配合味噌的香氣，產生不同的味覺變化！像本篇要教您的「南瓜味噌湯」，也是您意想不到的美味呢！唯獨在台灣味噌湯裡常見的小魚乾，在日本卻只拿來做湯頭，是要過濾掉的，意外嗎？

かぼちゃ	200グラム（にひゃく）
ねぎ	少々（しょうしょう）
だし汁（じる）	700CC（ななひゃくシーシー）
味噌（みそ）	大さじ3（おおさん）

材料	（四人份）
南瓜	二〇〇公克
蔥	少許
日式高湯㊟	七〇〇CC
味噌	三大匙

㊟用柴魚片和昆布等熬成的湯頭

3大匙

200g

127

作りかた 作法

① かぼちゃは種をとって2センチ角に切り、皮をところどころむく。

南瓜去籽，切成二公分塊狀，皮有的地方削、有的地方不削。

② 飾りと香りの役目を果たすねぎは、薄切りにしておく。

把用來充當裝盤擺飾和香氣功用的蔥切成薄片備用。

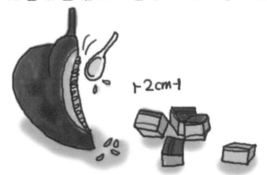

├2cm┤

文法小幫手

●くらい

「くらい」等於「ぐらい」，是「副助詞」，主要用法有：①表示「概數」，中文譯為「大約」，像作法中的「かぶるくらいの水」（大約蓋住的水）和「7分くらいゆでる」（大約燙煮七分鐘）都是；②表示「程度」，且

3 かぼちゃをかぶるくらいの水で
みず
なな ふん
7分くらいゆでる。

用大約蓋住南瓜的水約燙煮七分鐘。

4 だし汁を火にかける。
じる ひ

開火煮日式高湯。

これ種程度是趨向不值得一提的程度，
中文譯為「……之類的」，例如「百
えん ひゃく も
円ぐらいは持っている」（一百日圓
之類的（我）有帶）；③「舉例表示
狀態」，中文譯為「像……那樣」，
ある ひと で
例如「歩けないぐらいの人出」，是
「無法移動腳步那樣多的人潮」。

單字小點心

は	
果たす	做完，完成
かぶる	戴，蓋住
ち	
散らす	使散開
に た	
煮立つ	煮開

跟著烹飪一起學 作りかた^{つく}作法

5 4に3のかぼちゃを入れて2、3分ゆでる。
<small>よん さん い に さんぷん</small>

將3的南瓜放入4裡，燙煮二、三分鐘。

6 いったん火をとめて、味噌を溶き入れる。
<small>ひ みそ と い</small>

先熄一下火，將味噌溶進湯裡。

2-3cm

文法小幫手

●てしまう

「てしまう」是補助動詞之一，由於「しまう」有「終了、結束」之意，所以動詞第二變化加上「てしまう」後，可讓該動詞多了「完了」或是「無可挽回」等語感。①表「完了」，如「読んでしまう」（讀完）；②表

6を再び火にかけてねぎを散らし、
煮立つ前に火をとめる。

6再度開火,撒上蔥,煮開之前熄火。

 できあがり。

完成!

ポイント 重點

味噌の香りは加熱時間が
長いと消えてしまうので、
煮立つ前に火をとめてね!

加熱時間一長,
味噌的香味就會不見,
所以湯煮開之前要熄火喔!

「遺憾」,如重點中的「味噌の香りは消えてしまう」,用「てしまう」來表達味噌明明該有的香味卻不見了的遺憾;③表「不由自主」,如「泣いてしまった」(不由得哭了)。那「食べてしまった」是以上哪一個意思呢?就要看前後文來判斷囉!

さばの味噌煮
み そ に

味噌滷鯖魚

所謂的燉煮，是在水、湯頭等液體中加入食材予以加熱，最後再加以調味的料理方法。世界各國有不同的燉煮料理，在日本最經典的有「關東煮」、「馬鈴薯燉肉」等等。像本篇介紹的「味噌滷鯖魚」也是燉煮的功夫之一，其中味噌是日本常用的調味料，鯖魚是日本物美價廉的健康食材，兩者搭配起來的傳統風味，是意想不到的美味哦！

材料（4人分）

材料	分量
生さば（切り身）	4切れ
しょうが	1かけ
ねぎ	1本
味噌	大さじ4
みりん	大さじ2
酒	200CC
水	200CC

材料（四人份）

材料	分量
生鯖魚（魚片）	四片
薑	一塊
蔥	一根
味噌	四大匙
味醂	二大匙
酒	二〇〇CC
水	二〇〇CC

133

日文╳烹飪一起學

作りかた（作法）

① さばの皮部分（かわぶぶん）に格子状（こうしじょう）の切り込み（きりこみ）を入れる（いれる）。

在鯖魚的皮上劃幾刀成格子狀。

② 1（いち）を熱湯（ねっとう）にくぐらせてから氷水（こおりみず）につけ、水気（みずけ）をとる。

將1放到滾燙的水中燙一下以後，用冰水冰鎮，除去水分。

文法小幫手

●酸甜苦辣

作法中的「しょっぱい」中文是「鹹的」，有關日文酸、甜、苦、辣等「味覚（みかく）」該如何表現呢？請看！①すっぱい（酸的）；②甘い（あまい）（甜的）；③苦い（にがい）（苦的）；④辛い（からい）（辣的）；⑤塩辛い（しおからい）＝しょっぱい（鹹的）；⑥味が（あじ）

３ しょうがを薄切りにし、
ねぎを斜めの小口切りにする。

薑切薄片，蔥斜切成小段。

４ なべに味噌とみりん、酒、水を
入れて混ぜ合わせる。

鍋中放入味噌和味醂、
酒、水攪拌混合。

濃い（味道濃）；⑦味が薄い（味道淡）。此外，若想表現「有點……」時，可在前面加上「ちょっと」，例如「ちょっと甘い」（有點甜）。若想表現「太過於……」時，則將味覺形容詞去掉「い」加上「すぎる」即可，例如「甘すぎる」（太甜）。

こうしじょう 格子状	格子狀
ねっとう 熱湯	滾燙的水
くぐらせる	使燙
こおりみず 氷水	冰水

作りかた（つく）作法

5 4を中火（よん ちゅうび）で煮立（に た）たせ、3を加（くわ）える。

用中火將4煮開，加入3。

6 さばは皮目（かわ め）を下（した）にして5に入（い）れ、
落（お）としぶたをして5分（ごふん）ほど煮（に）つめる。

鯖魚有皮的那一面朝下放進5裡面，用比鍋緣小的鍋蓋
蓋住，約煮五分鐘煮到收湯汁。

文法小幫手

●ね

「ね」是「終助詞」，常常接續
在日文句尾，其用法為：①表「輕微
的感動」，如「きれいですね」（好
漂亮喔！）；②表「徵求對方的同
意」，如「いい天気（てんき）ですね」（天氣
真好啊！）；③表示「叮嚀、確認」，

136

⑦ 煮すぎるとしょっぱくなるので、
火を弱火にして気をつけながら煮る。

煮太久的話會變得太鹹，所以要轉小火，邊煮要邊注意。

⑧ できあがり。

完成！

← 5 min

如「あしたは３時ですね」（明天是三點吧！）；④表「希望對方理解」，如重點中的「アルミホイルを使ってもいいね」（用鋁箔紙也可以喔！）。其實以上不管是哪一種用法，說話者無非都是希望藉由「ね」，來聽到對方回答：「そうですね」（對啊！）。

ポイント 重點

落としぶたが家にないときは、アルミホイルを使ってもいいね。

家裡沒有比鍋緣小的鍋蓋時，也可以用鋁箔紙喔。

ごちそうさま。謝謝招待！

附錄

餐廳領班帶您學日文
主廚隨堂小測驗
日本媽媽教您用餐小常識

附錄1 |

餐廳領班帶您學日文

SCENE 1 帶位

店員 ： 何名さまですか。
店員 ： 請問幾位呢？

わたし： ４名です。
我　　 ： 四位。

店員 ： たばこはお吸いになりますか。
店員 ： 請問您抽菸嗎？

わたし： いいえ。
我　　 ： 沒有。

店員 ： では、禁煙席へご案内します。
店員 ： 那麼，我帶您去禁菸區。

６名です。
六位。

窓際の席はありますか。
有靠窗的位置嗎？

座敷は空いてますか。
鋪榻榻米的房間空著嗎？

喫煙席をお願いできますか。
能給我吸菸區的位置嗎？

わたし： すみません、他人丼（たにんどん）って何（なん）ですか。

我　　　： 不好意思，什麼是「他人蓋飯」呢？

店員（てんいん）： 親子丼（おやこどん）に似（に）ていますが、肉（にく）は
鶏肉（とりにく）ではなく牛（うし）や豚（ぶた）を使（つか）ったものです。

店員　： 就是和「雞肉雞蛋蓋飯」相似，
但是肉不是用雞肉，是用牛肉或豬肉的蓋飯。

わたし： 牛肉（ぎゅうにく）が食（た）べられないので、
豚肉（ぶたにく）でお願（ねが）いできますか。

我　　　： 因為我不能吃牛肉，所以可以給我豬肉嗎？

店員（てんいん）： かしこまりました。

店員　： （我）知道了。

これは何（なん）ですか。
這是什麼？

おすすめは何（なん）ですか。
有什麼推薦的嗎？

中国語（ちゅうごくご）のメニューは
ありますか。
有中文菜單嗎？

（本（ほん）を広（ひろ）げて）
これはありますか。
（打開書）有這個嗎？

SCENE 3　點主菜

店員　：　ご注文はお決まりになりましたか。
店員　：　您決定點什麼了嗎？

わたし：　カレーライスのAセットをください。
我　　：　請給我咖哩飯的A套餐。

店員　：　サラダのドレッシングはどうなさいますか。
店員　：　您沙拉要什麼醬呢？

わたし：　サウザンアイランドで。
我　　：　千島醬。

ライスをパンに
替えてもらえますか。

飯可以換成麵包嗎？

塩を少なめにして
ください。

鹽請放少一點。

（となりのテーブルを見て）
あれと同じものをもらえますか。

（看隔壁的桌子）
我可以點和那個一樣的嗎？

ハンバーグとスパゲッティ、
コロッケ定食を1つずつ。

漢堡排和義大利麵、
可樂餅定食各一份。

SCENE 4 點飲料

店員 ： お飲み物は何になさいますか。
店員 ： 您要什麼飲料呢？

わたし： 紅茶はありますか。
我 ： 有紅茶嗎？

店員 ： はい。ホットとアイスが
ございます。
店員 ： 有的。有熱的和冰的。

わたし： じゃ、ホットで。
我 ： 那麼，給我熱的。

**ホットコーヒーを1つと
アイスミルクティーを2つ。**
熱咖啡一杯和冰奶茶二杯。

**ノンアルコールのものは
ありますか。**
有不含酒精的飲料嗎？

食後にお願いします。
麻煩餐後。

氷は入れないでください。
請不要放冰塊。

143

SCENE 5 牛排煎烤程度

店員　：ステーキの焼き加減はどうなさいますか。
店員　：您牛排要幾分熟呢？

わたし：ミディアムで。
我　　：七分熟。

店員　：かしこまりました。ソースは和風と
　　　　ガーリック風味がございますが……。
店員　：（我）知道了。醬汁有和風醬和蒜味……。

わたし：じゃ、和風で。
我　　：那麼，給我和風醬。

レアで。
三分熟。

ウェルダンで。
全熟。

ソースじゃなくて、塩
だけで食べたいんですが……。
想不要醬汁，
只要用鹽就好……。

ガーリックバターを
もらえますか。
可以給我大蒜奶油嗎？

144

SCENE 6 發生問題

わたし： すみません、ナイフを
落(お)としてしまったんですけど……。

我　　： 不好意思，不小心刀子掉了……。

店員(てんいん)： かしこまりました。
今(いま)すぐお持(も)ちいたします。

店員　： （我）知道了。現在馬上去拿。

わたし： これ、頼(たの)んでませんけど……。

我　　： 這個，我沒有點……。

店員(てんいん)： 失礼(しつれい)いたしました。

店員　： 對不起。

**このスプーン、ちょっと
汚(よご)れてるんですけど……。**
這個湯匙，有點髒……。

**うるさいので席(せき)を替(か)えて
いただけますか。**
因為很吵，
所以可以換座位嗎？

**もう３０分(さんじゅっぷん)もたつのに、
料理(りょうり)が来(き)てないんですけど……。**
都已經過三十分鐘了，
菜還沒有來……。

**ワインをこぼしちゃっ
たんですけど……。**
不小心葡萄酒倒了……。

145

SCENE 7　洗手間

わたし： すみません、お手洗いはどちらですか。
我　　： 不好意思，請問洗手間在哪裡？

店員　： ここをまっすぐ行って、右側になります。
店員　： 從這裡直走，就在右邊。

わたし：どうもありがとう。
我　　： 謝謝。

トイレはどこですか。
廁所在哪裡？

一番奥にあります。
在最裡面。

ここは禁煙です。
這裡禁菸。

「音姫」というのは、トイレの擬音装置のことです。
所謂的「音姫」，
就是廁所的擬音裝置。

SCENE 8 結帳

わたし： お勘定(かんじょう)をお願(ねが)いします。
我　　： 請幫我結帳。

店員(てんいん)： カードと現金(げんきん)、
　　　　どちらでお支払(しはら)いですか。
店員　： 信用卡和現金，要用哪一種付款呢？

わたし： 現金(げんきん)で。
我　　： 用現金。

店員(てんいん)： かしこまりました。消費税(しょうひぜい)こみで
　　　　2万(にまんよんせんろっぴゃくななじゅうごえん)4 6 7 5円になります。
店員　： （我）知道了。含税24,675日圓。

お支払(しはら)いはどちらですか。
在哪裡結帳呢？

VISAは使(つか)えますか。
可以用VISA卡嗎？

２５８円(にひゃくごじゅうはちえん)の
おつりになります。
找您258日圓。

とてもおいしかったです。
非常好吃。

147

附錄2│
主廚隨堂小測驗

TEST 1 和 -

1. 刺身を食べるとき、わさびはしょうゆによく溶かして食べる。 □

　　吃生魚片的時候，芥末要確實溶在醬油裡面吃。

2 おかずは一度ごはんの上にのせてから食べる。 □

　　菜要先放到飯的上面一次以後再吃。

3. 食べ終わったら、食器はきれいに重ねておく。 □

　　用完餐後，餐具要整齊地疊放好。

4. 煮物の煮汁は飲んでもいい。 □

　　燉煮食物的湯汁也可以喝。

5. おしぼりで手と口をよくふいてから食べ始める。 □

　　要用濕毛巾確實擦手和嘴以後再開始吃。

解説 -

　　1.芥末要放在生魚片上面，沾醬油後，連同生魚片一起吃。

　　2.菜放到飯上面的話，飯會變髒，所以不可以。

　　3.日式餐具很多都是漆器做的，由於容易刮傷，所以疊在一起很失禮。

　　4.以口就碗吸著喝也沒關係，但是千萬不可以發出聲音。

　　5.濕毛巾是用來擦手的，不可以拿來擦嘴或桌子。

我是「元氣餐廳」的主廚！如果您的日文和料理都很在行的話，能不能輕輕鬆鬆回答我的問題呢？覺得是正確的答案就打「○」，不正確的就打「╳」吧！一起來看看，到底能夠答對幾題呢？

6. 食べ始めるとき、箸は両手で持ちあげる。□
開始吃的時候，要用雙手拿筷子。

7. 茶碗蒸しは中身をかき混ぜて食べてもいい。□
茶碗蒸把中間的料拌一拌吃也沒關係。

8. 割り箸を割ったら、すぐ食べ始めないで一度箸置きに置く。□
衛生筷扳開以後，不要立刻開始吃，要先放在筷架上一次。

9. 盛りつけられた料理は中央から取る。□
一大盤菜要從中間開始挾。

10. 焼き鳥など串もの料理は、串に刺したまま食べる。□
烤雞肉串等串燒料理，插在竹串上直接吃。

正解
1.╳　2.╳　3.╳　4.○　5.╳　6.○　7.○　8.○　9.╳　10.╳

6.比起單手拿筷子，用兩手拿比較好。

7.日本料理中，唯一把裡面的料拌著吃也無所謂的只有茶碗蒸。

8.直接就去挾菜不好看。

9.從中間挾菜會被認為是「牲畜吃法」，非常低級，所以要從邊緣拿起。

10.要轉動竹串，從竹串上取下料理，然後一口一口地吃。

主廚隨堂小測驗

11. ナイフは右手（みぎて）に、フォークは左手（ひだりて）にもつ。□

刀子用右手、叉子用左手拿。

12. 食事中（しょくじちゅう）はナイフとフォークを「ハ」の字（じ）におく。□

用餐中刀子和叉子呈「ハ」字形擺放。

13. ライスは右手（みぎて）にフォークをもって食（た）べてもいい。□

吃米飯時，右手拿叉子吃也沒關係。

14. ナプキンは首（くび）にかけて服（ふく）が汚（よご）れないようにする。□

餐巾要掛在脖子上以免弄髒衣服。

15. 食事中（しょくじちゅう）に席（せき）を立（た）つときは、ナプキンをテーブルの上（うえ）におく。□

用餐中要站起來時，餐巾要放在桌上。

解説

11.這個時候，刀子用右手的食指抵住，然後用剩下的指頭輕輕握住。

12.放的時候，刀刃朝向自己，叉子的背朝上。

13.在歐美由於麵包是主食，所以米飯沒有特定的吃法。

14.餐巾攤在膝蓋上才是正確的。

15.垂放在椅背上，或是放在椅子上都是正確的。

150

16. パンに肉汁＊やソースをつけて食べてもいい。□
麵包沾肉汁或醬汁吃也沒關係。

17. ワイングラスは滑らないよう、手のひら全体で持って飲む。□
為了不讓葡萄酒杯滑手，要用整個手掌拿著喝。

18. スープは最後の一滴まできちんと飲み干す。□
湯到最後一滴都要確實喝光。

19. ワインを注いでもらうときは、もちあげない。□
別人幫忙倒葡萄酒時，不可以舉起酒杯。

20. バッグを椅子の背に置けないときは、膝の上におく。□
包包無法放在椅子後面時，放在膝蓋上。

正解
11.○ 12.○ 13.○ 14.× 15.× 16.○ 17.× 18.× 19.○ 20.×

16.雖然嚴禁用麵包擦拭盤子，但是沾著吃是OK的。 ＊肉汁也可唸成「肉汁」。

17.葡萄酒會變熱，所以只拿杯腳部分。

18.留一點在盤子上是禮貌。

19.別人倒啤酒或日本酒給我們時要拿著杯子，但是葡萄酒不用拿。

20.放在椅子的背側或是右邊的地上是禮貌。

主廚隨堂小測驗

TEST 3 中

21. えびの<ruby>殻<rt>から</rt></ruby>は手で<ruby>剥<rt>む</rt></ruby>いてはいけない。□
   蝦殼不可以用手剝。

22. <ruby>春巻<rt>はるま</rt></ruby>きはまるごと<ruby>直接食<rt>ちょくせつた</rt></ruby>べる。□
   春卷整卷直接吃。

23. ターンテーブルは<ruby>時計回<rt>とけいまわ</rt></ruby>りに<ruby>回<rt>まわ</rt></ruby>す。□
   有旋轉圓盤的餐桌,要順時鐘轉。

24. <ruby>取<rt>と</rt></ruby>り<ruby>皿<rt>ざら</rt></ruby>が<ruby>汚<rt>よご</rt></ruby>れたら<ruby>取<rt>と</rt></ruby>り<ruby>替<rt>か</rt></ruby>えてもらう。□
   取菜用的小碟髒了就請人換。

25. <ruby>取<rt>と</rt></ruby>り<ruby>皿<rt>ざら</rt></ruby>はきちんと<ruby>手<rt>て</rt></ruby>に<ruby>持<rt>も</rt></ruby>って<ruby>食<rt>た</rt></ruby>べる。□
   取菜用的小碟要確實拿在手上吃。

解說

21.剝的時候用手,吃的時候用筷子挾住送入口中。

22.用筷子切成一口大小吃,不可以直接咬下。

23.正式的情況,料理是從最裡面的上位開始拿起,拿完以後往左邊方向轉去。

24.由於每一道料理味道都不同,所以盡可能每一品都換比較好。

25.和日本料理不一樣,中華料理取菜用的小碟直接放在桌上,用筷子送到口中吃即可。

26. ご飯にスープをかけて食べてはいけない。□
不可以把湯淋到飯裡吃。

27. かつて中華料理の席では、客より先に主人が食べた。□
古時候在中華料理的筵席上，主人比客人先吃。

28. 大皿料理に取り箸がないときは、自分の箸を使う。□
大盤料理上沒有公筷時，用自己的筷子。

29. 客は遠慮しがちなので、主人が取ってあげる。□
由於客人容易客氣，所以主人要幫客人挾菜。

30. 中華まんじゅうは、そのまま豪快にかじりつくのがいい。□
中華包子要直接豪邁地咬下去比較好。

正解
21.× 22.× 23.○ 24.○ 25.× 26.× 27.○ 28.○ 29.× 30.×

26.在日本雖然不喜歡這樣，但是中華料理把湯淋到飯裡吃也沒關係。

27.中國古老習慣中，客人擔心會被下毒，所以通常由主人先嚐，再推薦給客人吃。

28.如此一來，自己的筷子不要碰到嘴巴裡面才有禮貌。

29.自己拿自己的份才有禮貌。

30.先用手從正中間分成兩半，然後再撕成容易食用的大小吃。

主廚隨堂小測驗

31. コーヒーカップは包(つつ)み込(こ)むようにして両手(りょうて)で持(も)って飲(の)む。□
咖啡杯要像包起來一樣用兩手拿著喝。

32. ケーキについているセロファンはフォークの先(さき)を使(つか)って取(と)る。□
蛋糕上面的玻璃紙要用叉子尖端挑開。

33. 食後(しょくご)のコーヒーを混(ま)ぜたスプーンはテーブルの上(うえ)におく。□
攪拌飯後咖啡的湯匙要放在桌上。

34. レモンティーのレモンはスプーンにのせて、
カップにしばらく入(い)れてから取(と)り出(だ)す。□
檸檬茶的檸檬要放在湯匙上面,放到杯子裡一陣子後再取出。

35. メロンはスプーンですくって食(た)べる。□
哈密瓜要用湯匙挖來吃。

解說

31.咖啡是用熱水煮,所以用兩手拿的話,會讓人覺得在嫌棄「咖啡溫溫的」。

32.拿掉的玻璃紙要疊好藏在對方不容易看到的盤子角落。

33.攪拌完的湯匙要放在杯子的另一邊。

34.不拿出來的話會變苦、變得不好喝。

35.一邊用叉子壓著,一邊用刀子分開皮和肉,然後切著吃。

36.如果太大的話,切成一口大小再吃。

37.一開始從中切斷的話,奶油就不會跑出來,比較容易吃。

36. 一口サイズのケーキは手でつまんで、直接口に入れてもいい。☐

一口大小的蛋糕，用手抓起來直接放到嘴裡也沒關係。

37. ミルフィーユのように崩れやすいものは、倒して食べてもいい。☐

像千層派那樣容易塌下來的食物，弄倒吃也沒關係。

38. 和菓子についてきた楊枝は、歯にはさまったくずを取るためのもの。☐

隨和風點心送來的竹籤，是用來挑塞在牙縫裡的東西。

39. ぶどうを口に入れたあと、種はスプーンを使って口から取り出す。☐

葡萄放入口中後，要用湯匙把籽從口中取出。

40. 三角形のケーキは尖ったほうから食べていく。☐

三角形的蛋糕要從尖的那一頭開始吃起。

正解

31.✕　32.○　33.✕　34.○　35.✕　36.○　37.○　38.✕　39.✕　40.○

38.竹籤是用來把和風點心切成一口大小，然後輕輕叉來吃的東西。

39.用紙巾或面紙等貼近嘴邊，不要讓人家看到地拿出來。

40.把尖的部分放在左側，用湯匙切著吃。

答對題數

35~40	マナーの達人	禮儀達人
23~34	達人まであと一歩	離達人還有一步
13~22	修行不足	修行不足
1~12	もう一度チャレンジ	再挑戰一次
0	ただの食いしん坊	只是個貪吃鬼

附錄3│日本媽媽教您用餐小常識

POINT 1 日本料理的餐具該怎麼擺放呢？

A) 箸_{はし} 筷子　　B) 箸おき_{はし} 筷架　　C) ごはん 白飯

D) 汁物_{しるもの} 湯　　E) 漬物_{つけもの} 醬菜　　F) 副菜（煮物など）_{ふくさい} _{にもの} 副菜（燉煮類等）

G) 主菜（焼き物など）_{しゅさい} _や _{もの} 主菜（燒烤類等）　　H) お椀のふた_{わん}（碗蓋）

　　吃日本料理的時候，要從最靠近自己的菜餚開始下筷，先用左邊那一道，再用右邊那一道。接著取用最中間的那一盤。最後才享用離自己最遠的那兩道菜，也是由左至右。也就是依照圖中C→D→E→F→G的順序。記得這個規則的話，便能順暢地享受日本料理囉！

在日本有所謂絕對不可以那樣做的「筷子使用法」。例如中華民族也一樣,在盛有飯的碗裡插上筷子,由於這種作法和拜神佛的飯一樣,所以視為禁忌。這種情況在日本叫做「立て箸」,是絕對不被允許的用餐行為之一。為了不讓對方不愉快,以下的用筷禁忌還是記下來比較好喔!

◆**寄せ箸** 　用筷子把盤子拖來拖去。

◆**迷い箸** 　不知道要吃哪一道菜,拿著筷子在料理的上面晃來晃去。

◆**二人箸** 　在日本兩人同時挾一道菜,形同人死後的撿骨儀式,非常忌諱,所以當人家挾菜挾不起來時,旁人也不可用筷子幫忙。

◆**涙箸** 　湯或醬油等從筷子的前端滴滴答答地滴下來。

◆**空箸** 　筷子已經挾了菜,卻不吃又把它放回去。

◆**刺し箸** 　用筷子插食物來吃。

◆**かき箸** 　嘴巴貼著餐具的邊緣,用筷子猛扒料理,狼吞虎嚥。

◆**すかし箸** 　有刺的魚吃完上面以後,不翻面直接穿過骨頭繼續吃下面那一半。

157

日文+烹飪一起學 日本媽媽教您用餐小常識

洋 POINT 3 學會西餐的這些外來語，去日本的米其林餐廳也不怕了！

ナイフ	knife	刀子
フォーク	fork	叉子
スプーン	spoon	湯匙
ワイングラス	wine glass	酒杯
ナプキン	napkin	餐巾
メニュー	menu	菜單
オーダー	order	點（菜）
フルコース	full course	全餐
メインディッシュ	main dish	主餐
サラダ	salad	沙拉
スープ	soup	湯
デザート	dessert	甜點
シェフ	chef	主廚
ウエーター	waiter	男服務生
ウエートレス	waitress	女服務生

中 POINT 4 這些中華料理的日文，您也知道嗎？

ターンテーブル	（上面有轉盤的）迴轉桌
ちりれんげ	磁羹匙
紹興酒 （しょうこうしゅ）	紹興酒
ウーロン茶（ちゃ）	烏龍茶
ショーロンポー	小籠包
チンジャオロースー	青椒肉絲
マーボー茄子（なす）	麻婆茄子
えびシューマイ	鮮蝦燒賣
北京ダッグ（ペキン）	北京烤鴨
えびのチリソース（＝えびチリ）	乾燒蝦仁
ホイコーロー	回鍋肉
五目チャーハン（ごもく）	什錦炒飯
パーコー麺（めん）	排骨麵
ヤムチャ	飲茶
杏仁豆腐（あんにんどうふ）	杏仁豆腐

國家圖書館出版品預行編目資料

日文＋烹飪一起學　新版 /
こんどうともこ、王愿琦、葉仲芸著
--修訂二版--臺北市：瑞蘭國際, 2024.04
160面；17 x 23公分 --（元氣日語系列；48）
ISBN：978-626-7473-02-3（平裝）
1. CST：日語 2. CST：讀本 3. CST：食譜
803.18　　　　　　　　113004638

元氣日語系列 48

日文＋烹飪一起學 新版

作者｜こんどうともこ
中文翻譯、文法小幫手｜王愿琦
編輯協力｜葉仲芸
料理顧問｜TOMO媽（TOMOKO老師的媽媽）
總策劃｜元氣日語編輯小組
責任編輯｜葉仲芸、王愿琦‧校對｜こんどうともこ、葉仲芸、王愿琦

日語錄音｜今泉江利子‧錄音室｜采漾錄音製作有限公司
封面設計｜Yuki、陳如琪‧版型設計、內文排版｜Yuki‧美術插畫｜瑞比特設計有限公司

瑞蘭國際出版
董事長｜張暖彗‧社長兼總編輯｜王愿琦
編輯部
副總編輯｜葉仲芸‧主編｜潘治婷‧主編｜林昀彤
設計部主任｜陳如琪
業務部
經理｜楊米琪‧主任｜林湲洵‧組長｜張毓庭

出版社｜瑞蘭國際有限公司‧地址｜台北市大安區安和路一段104號7樓之1
電話｜(02)2700-4625‧傳真｜(02)2700-4622‧訂購專線｜(02)2700-4625
劃撥帳號｜19914152 瑞蘭國際有限公司
瑞蘭國際網路書城｜www.genki-japan.com.tw

法律顧問｜海灣國際法律事務所　呂錦峯律師

總經銷｜聯合發行股份有限公司‧電話｜(02)2917-8022、2917-8042
傳真｜(02)2915-6275、2915-7212‧印刷｜科億印刷股份有限公司
出版日期｜2024年04月初版1刷‧定價｜420元‧ISBN｜978-626-7473-02-3